天地人和

常常想起的朋友

金 波 著

中国出版集团　东方出版中心

《金波别集》缘起

（代序）

    金波先生于耄耋之年梳理自己的作品，并将其命名为《金波别集》。在这套书面世之际，金波先生以对话的形式与读者朋友分享了该作品集的出版缘由及创作体会。现以此作为别集的序言。

    责任编辑： 金波老师，"别集"终于要出版了，由于是"别集"，我们有机会通读了您的作品，有几百万字之多！在阅读的过程中，我们发现了太多之前没有被读者关注到的作品，比如《小雨的悄悄话》《蜻蜓落在睡莲上》《会荡秋千的小虫子》，收获很大。

    金波先生： 我已创作近七十年，因为创作时间长，所以散发在报刊的作品多，创作体裁比较丰富，包含儿歌、散文、童话等等，尤以短篇居多。谢谢你们用了很多精力，去搜集、整理我的作品，尤其是短篇作品。现在回头看，这些作品包含了我很多的创作灵感和热情。这套"别集"，是我献给小读者们和大读者们的一份精神食粮，同样也是我近七十年创作生涯的一个小结。

责任编辑：金波老师，记得第一次与您聊起这个选题时，我们还在犹豫，叫"文集"还是"全集"？您说叫"别集"，要有别样的特色。我们整理下来，您的作品有几千篇，描写对象之广，包含了天地万物。您能跟读者们说说，"别样的特色"是怎样体现在这么多的篇章中的吗？

金波先生："别集"可以说有三个含义，其中第一个含义，这套别集是"别人帮助我编的"，你们用心将我的作品搜集起来，并按"天""地""人""和"的理念进行编排，可以说别有一番特点，别有一番意义。

责任编辑：谢谢金波老师的认可。在整理的过程中，我们发现"天""地""人""和"四辑真的各有自己的特点。拿"天"举例，描写日月星辰的作品，我们足足整理了一本书，叫《一个月亮两颗星》；描写江河湖海的，叫《我们去看海》；描写漂游和飞翔在天空中的云、鸟、蝴蝶等等的，叫《小麻雀洗澡》；写雨的作品也特别多，我们整理了一本书，叫《小雨的悄悄话》。金波老师，"别集"的第二个含义是什么呢？是不是与您新的阅读体验有关？

金波先生：这次我再读"别集"中的这些作品，有了别样的感受和别样的发现。你们搜集整理的这些作品，有的我都已经忘记了，这次我再读一遍，突然有一种感觉，就像在读新的作品，甚至觉得是在读别人的作品，非常新鲜和有趣，感觉又唤醒了自己的童年，也似乎再一次提升了我的审美感觉。当我阅读这些小小的作品时，无论是一首小诗，还是一篇小小的童话，甚至会不由自主地想，当时自己是怎么写出这样的作品的呢？

这些作品让我回忆起了我写它们时的心情，原来生活是这样的美好，这样的丰富，这样的奇妙，这样的有趣。我想如果我们热爱生活，那么随时随地都可以发现美，同时也可以把这种对美的感受变成作品。阅读这套作品让我有了新的体会，从而对生活产生了新的认识。这也是将这套作品命名为"别集"的第二个原因，就是因为它为我带来了别样的阅读体验，同时我也希望它同样能为读者们带来别样的感受。

责任编辑：是啊，金波老师，您有一双发现美和童真的眼睛。我们特别希望通过别样的策划，把您的发现传递给读者们，请读者们从别样的角度感受您的作品。您刚才提到，"别集"这一命名有三个含义，请问第三个含义是什么呢？

金波先生：第三点，正如你已经提到的，就是希望"别集"能带给读者别样的感受，引发别样的思考。我们人人都对童年有许多丰富的感受，有些人至今还记得那些感受，但也有些人由于种种原因，忘记了童年的一些体验。我希望这些作品能勾起大家对童年的记忆和思考，比如我也曾经看到过这些有趣的风景，做过这件有趣的事情，遇到过这样有趣的人。在阅读作品的时候，与自己的童年经历相结合，也许就可以唤醒童年、回归童年，重新认识童年，最重要的是享受童年。我希望这套作品能提供给读者一种别样的阅读感受，这就是"别集"的第三个含义。

所以总结一下，这一套《金波别集》出版的三个含义就是：别样的编排，别样的阅读，别样的感受，希望它能带领大家发现童年，认识童年，享受童年。

目录
Contents

圣野：一个诗的梦想

倘要论诗，圣野的诗是一个很值得论述的题目。

半个世纪以来，圣野从未离开过诗，他把自己的所思所感熔炼成诗，倾吐给我们。

读圣野的诗，不但可以了解诗人的行踪阅历，也可以了解诗人的感情轨迹，读他的诗，就像读他的一本诗体自传。

我时常一面读圣野的诗，一面想清晰地认识自己的阅读心理。我得到的是十分丰富的心理感应。

我感受到的首先是诗人对生活浓烈的耽

爱，以及由此而萌生的鲜丽的表达方式。

在人生的旅程上，圣野就像一个朝圣者，只有当他寻找到生活中的爱与美的时候，才能托庇他心灵的安谧并得到慰藉。

圣野生活在诗的梦想中。

也许正是为此，圣野平日讷口少言，正像"雪落得愈淳厚／愈加没有声音"。在他的内心深处充满了无尽的遐想，即使"睁着眼睛见不着的／总希望在梦里能够见到"。就这样，诗人将他的希望、追求寓之于诗，并将其用之精妙，这成为一笔可贵的精神财富。

寡言少语的圣野，默默笔耕五十年。他技巧娴熟，用笔如舌。所以每当他写完一首诗，大声

圣野：
一个诗的梦想

朗诵的时候，他就完全变了一个人，喷涌而出的是火一样的热情，因为：

在我的手指下

成长着许多

燃烧的生命

几十年来，他就是这样不惮辛苦地写着诗。写诗已经成为他的精神需要。他用诗和人生、和祖国、和人民、和朋友、和亲人孩子、和一切美好的事物做倾心的对话。

他对祖国的未来充满信心，他坚信"中国，将不再有／可怕的黑夜"，因为那一盏"长明

圣野：
一个诗的梦想

灯"是这样点亮的：

　　每人，点一个火把

　　一个连接着一个

圣野希望人世间有一把爱的大伞，用来"遮风、遮雨、遮烈日"：

　　我们都住在

　　同一顶大伞下面

圣野还把自己比作一棵树，"在默默地爱着邻近的一棵树"，当他"看到它扭曲／我很伤

圣野：
一个诗的梦想

心"，当他"看到它昂挺／我真高兴"：

原来我们有一团

抱在一起的树根

即使他在生活中品尝的"是些痛苦的酸
果"：

但悲凉的

回忆

却能使它

甜起来

"长吁短叹／已没有时间"。他总是在生活中紧迫地追求着，一草一木、一山一水寄托着他的情愫。他能够在看似平庸的题材上，以清淡的语言，以丰富的暗示充溢着微妙的情思。他在雨后的花朵上，看到了"闪着泪光的微笑"；他从月夜的萤火虫那里，找到了"诗的绿色的光亮"；看到湖心波光潋滟，他想到的是"让会心的微笑／请湖水给我／一圈一圈荡开去"。在圣野恬静而敏感的心境中，充满了诗的梦想。

圣野体察精微、心灵善感。他关注着多彩的生活，倾听着"自己的心跳"。我曾看见他在列车上写诗，在和朋友交谈中写诗，甚至在舞会上写诗，他在异常局促的环境下，感情翻出无限的

圣野：
一个诗的梦想

波澜，写出妙趣横生的诗篇。

他每天都在那条水清流急的小河上打捞着春天的花瓣。

在他纯净的心灵中，总是跳动着鲜活逼真的想象。有时这种情绪变得沸沸扬扬，成为不可抑制的诗情，于是斐然成章。

圣野的诗，大多写于繁忙的编辑工作之余，由于坚持不懈，五十年来他出版了三十多本诗集。他写诗很少刻意为之，或过事追求，而总是顺其文思，触机生发。他的诗，本色清淡，不加藻饰。素净淡雅的笔调是他行文的风格，也是他待人处世的风格。

圣野有些诗，也许由于极力想捕捉住那其来

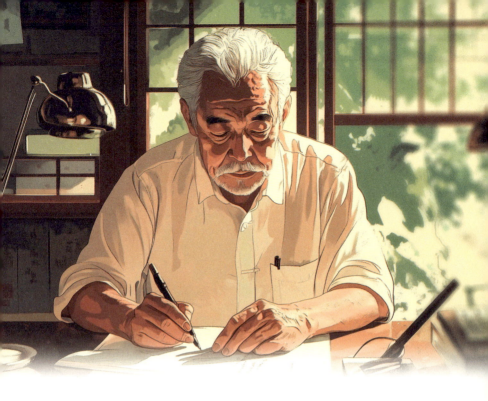

　　无端、其去无迹的奇思妙想，因而写得较为匆忙，对自己的诗思还缺乏必要的筛留和撷取。

　　但是，我读圣野的诗，总喜欢将他众多的诗篇联成一个整体加以把握。我把他的诗放在诗人所特有的豁达襟怀和精神世界的背景上去体味玩索，那样，我就会时常感受到诗人超脱烦嚣的胸臆，感受到一种超越时空的人间至情。

圣野：
一个诗的梦想

正如"爱花的人／自己／也变成一朵花了"，圣野就是以自己燃烧的生命点燃着我们的感情，而且他说："我愿烧亮人生最后一把火。"

圣野：一个诗的梦想。这梦想既显示了他的诗美境界，也显示了他的人格境界，两者的融合，正是圣野诗歌的艺术魅力。

1991 年 2 月 24 日　北京

论鲁兵的童话诗

　　鲁兵是儿童文学创作的多面手。他"从一九四六年下半年开始儿童文学创作，诗歌、童话、散文、小说、剧本，都作过一点尝试"。他一直坚持儿歌创作，时有佳作在孩子们中间口耳相传。他的儿歌玲珑剔透，悦耳上口，读来使人感受到民间童谣的乡土气息。他的儿童诗有的幽默风趣，有的凝重淳厚。他早期写了不少散文，自由洒脱，轻快简洁。他也写寓言，虽不一定都是为小读者而作，但饱含思想，启人回味。他的童话多为幼儿创作。他认认真真地写，小心翼翼地写，常带了原稿去幼儿园，读给小娃娃听。他

19

察言观色，了解他们的反映，然后反复修改；一篇千把字的小童话，常常被他摩搓得闪出光来，才肯罢休。此外，他还学过绘画，擅长书法，也写过一些"不易多见""有作即佳"的旧体诗。

但是，我更偏爱他的童话诗。

他的童话诗综合了他之所长，如儿歌的音乐性，诗的抒情特质，散文的轻捷自由，寓言的沉郁凝练，童话的幻想超拔，等等。

我认为童话诗最能全面地显示鲁兵的文学功底和他的美学追求。研究鲁兵的文学创作，不能不研究他的童话诗。可以这样说，鲁兵的童话诗代表了他文学创作的最圆熟精致的成就。

一 以民族的目光观照生活

鲁兵在从事儿童文学创作之前，是做了充分的文学准备的。民间文艺的耳濡目染，使他受到了很好的文学熏陶。他对儿歌耳熟能详，他对民间故事耽爱尤深，有不少故事伴随他度过童年。"有些细节，直到今天还记在心里。"他还经常去看昆剧和婺剧，那些戏曲培养了他的"乡土之情感，民族之情感"。

这些民间故事曾深深地打动过他。他曾经这样说过："从《老虎外婆》开始，我用儿歌的形式给小娃娃们讲故事，随俗称之为童话诗。这些童话诗，根据民间故事写的占其半数。"

21

鲁兵之所以热衷于这些民间故事，这不单单是一个取材的问题，还因为他以一种民族的目光观察审度它们，从而发现了这些朴素的民间故事中蕴含着的优秀民族精神：勤劳、勇敢、智慧、善良、对丑恶的鞭挞和对美的追求，这些可说是大多数民间故事所包含的丰富底蕴。当然还有这些民间故事闪烁的艺术光彩，也培养了他民族的审美趣味。

鲁兵的童话诗有其独特的迷人处，我以为这源于诗人那孩子般的纯真和由此而形成的温蔼幽默的性格。我曾不止一次地听他津津有味地叙述那些故事的情节梗概，以及他打算改写的艺术构思。而后，我看到的是他在民间故事朴素的底色上，描绘出的一幅幅色彩斑斓的图画，它已被再创造成一首童话诗了。

从他的童话诗中，不难发现他对于民间故事的佳妙处，有着迅捷的领悟力，这些故事一旦投影于他的心灵，就会变得澄澈而真实，经过他审慎的思考，通过巧思想象的艺术表现，那童话诗带着流动的音响，就像溪水一般不求自得，汩汩而至，变得自然而丰美。

他那首题为《金鞋》的童话诗，取材于唐代段成式《酉阳杂俎》，全文不过 631 字，他弃去后面"其母及女即为飞石击死""陀汗王至国，以叶限为上妇"等情节，取前面 497 字的内容，创作成一首长达 360 行的童话诗。其中最能说明他如何进行艺术加工的，就是原文关于后母虐待叶限的只有 33 个字的叙述，鲁兵将其拓展为 11 节 80 行。

鲁兵的童话诗，虽然有的取材于民间故事，但他不被其拘囿，而是将其作为一块起飞的基地，从那里展开他幻想的翅膀，飞向另一片新的艺术天地。他的童话诗，绝不是给原来的故事情节加上韵脚，以获得廉价的悦耳效果。他改造它，丰富它，发掘原作素材中的内涵，追求内在的韵律与外在音乐性的统一。

如果说我们在听民间故事的时候，所得到的兴味主要来自曲折的情节，那么，欣赏鲁兵的这些童话诗，除了情节的引人入胜以外，还有诗人丰富的想象、浓重的抒情氛围，以及由此留给读者的回味空间。这回味的空间，既不是情节本身，也不是游离于情节之外的笔墨；它是情节的生发和升华，是故事的精髓，也是诗人激情的流露。

阅读鲁兵的童话诗，我们感到亲切又新鲜。作品所蕴涵的思想感情，符合我们民族道德情操的基本准则。在艺术表现方面，也符合我们民族的审美趣味。

这鲜明的民族特色，不但表现在内容选材上，也表现在人物形象的刻画上。他所塑造的一系列人物形象，《金鞋》中的叶限，是我们从小就十分熟悉和同情的灰姑娘的原型（比贝洛的作品约早七百年），她是勤劳善良的化身。《老虎外婆》中的外孙女小朵朵，又是一个机智勇敢的典型。以小猪奴尼为主人公的童话诗系列，这位主人公可以说是我们身边土生土长的小娃娃形象。《雪狮子》中的老爷爷，堪称一位幽默多智的好老头儿……这一系列的人物形象，无一不打上民族精神气质的烙印。我们熟悉他们，喜欢他们，在我们的生活中，从广大的群众之中，不难发现他们的影子。

这些人物形象的光彩源于民族精神的深处，作者不必通过惨淡经营，刻意拔高这些人物形象，一切都是自自然然地按照他们命运的轨迹在发展。作者对人物满怀深情，与他们的精神气质十分契合。他怀着儿童般的赤诚与他创造的人物命运似乎有一种天然的感情。当诗人写这些人物的遭遇、抗争以及获得的胜利的时候，就像他自己感同身受一样，诗人是凭借着他那颗诚挚的心将他们一一描绘了出来的。

诗人的心和人物的心一起跳动，感情也随着情节起伏。所以，在鲁兵的童话诗中，时而有美物写生，不乏简洁微妙的勾勒，如《金鞋》中写穷苦的叶限姑娘，忽然得到了新衣新鞋，诗人是这样描绘的：

有谁见过

这翠绿的衣衫翠绿的裙？

光洁，轻软，

好像林中飘来一片云。

有谁见过

这金鞋上面镶珠宝

玲珑，小巧，

好像花间飞来一对金丝鸟。

这描绘鲜活逼真，简洁轻灵，所用的比喻完全符合我们民族的欣赏习惯和美的意象。

在鲁兵的童话诗中，时而又有戏谑滑稽、漫画式的调侃，如《雪狮子》，诗人一开头就带着戏谑的口吻这样写道："小朋友，／小朋友，／雪地里／滚雪球。／雪球堆只大狮子，／狮子开大口。／少条尾巴怎么办？／有了，插上一把破扫帚。"外貌可笑，充满谐趣。但就是这只雪狮子，竟然不可一世地去咬小狗、小猫。最后，甚至于"朝着老爷爷一声吼"，"小猪小狗不够吃，／再吃一个小老头"。这样一个贪得无厌的家伙，最后被火烤化了：

雪狮子

在哪里？

只有一把破扫帚，

留在这儿雪地里。

论鲁兵的
童话诗

简易直捷的文字，活泼轻快的语调，三言两语就把雪狮子色厉内荏的本质特点勾勒出来了。

在鲁兵的童话诗中，时而还有描山绣水，展示悠然的童话意境的文字，读这样的诗行，就像在欣赏一幅淡雅的写意画。如《扫帚姑娘卖花郎》中，写卖花郎"走街串户去卖花，路过一个山坳坳"的时候，他眼中的景色是：

这儿只听见

泉水叮叮咚咚，

山雀叽叽喳喳；

这儿只看见

绿树丛中白粉墙，

孤零零的一户人家，

院门前

歪歪斜斜站着几株柳树，

院墙里

争先恐后探出几枝杏花。

通过语句的重叠、复沓、对仗，在读者的想象中幻化出一幅画师点染的图景，色彩斑斓，意境幽深，诗人是在以文字作画，以文字奏乐。

上述的一些引文都是精美的诗行，它不是口语的叙述，不是情节直白的介绍，它表达的是通过诗人敏锐的目光，怀着民族的挚爱，对这些人物故事独特的感受和理解。

31

鲁兵的童话诗，有取材于古老的民间故事，有的乞巧于儿童美丽的幻想天地，但它给人们的感受是真实的，绝没有那种遗世独立、孤云野鹤般的玄远意味。相反，他的童话诗永远焕发着诗人对于真理的追求精神，对于民族美德的颂扬热忱以及对于童心纯真的赞美。我想，正是从这个意义上说，鲁兵的童话诗虽然充满了幼童奇妙的幻想，但它在提高人们的心灵境界，在培养高尚的道德情操，以及培养民族的审美情趣等等深层育涵的意义上却是老少咸宜的。

二　以诗人的感情融合故事

童话一旦以诗的方法行文，必然会追求诗意的营造。通过诗人对于故事情节和人物性格的反复玩索体会，已是烂熟于心，并且对其本质底蕴有了深刻的理解与发现，达到明彻深切的境地，就会牵动诗人的心灵，那童话诗便有了十分鲜明的个人印记。

我每次阅读鲁兵的童话诗，都十分欣赏诗中所表现的童真的情趣、美丽的幻想，以及那近乎天籁的音韵。我想，这不仅仅是因为作者熟悉儿童，喜爱儿童，是一位善于讲述故事的能手，更主要的是作者将自己全身心地融于故事之中，他不但以语言叙述故事，他还以心灵歌唱故事。因此，在那歌声中，在童话诗中的王国里，我找到了最具本色的鲁兵：质朴、纯真、幽默、热情。

以心灵歌唱故事，在童话诗的字里行间随处可以感受到诗人情感的流动，我想，这也许就是童话诗与童话故事的区别吧！

我曾经和鲁兵一起探讨过童话与童话诗的异同及创作时的不同心态。我说："童话诗并非简单地用诗的形式（例如分行排列、押韵等等）来表达童话的内容。就一般意义上讲，童话应当表现没有诗的形式的诗意，而诗（尤其是儿童诗）也应当具有童话丰富大胆的幻想。"鲁兵是这样说的："童话的诗意盎然和诗的浮想联翩，是两者结合或者说融合的天然因素。"友谊的切磋促使我进一步思考着：显然并非任何童话故事都能写成诗。鲁兵结合他的创作实践，就曾有过这样的经验之谈："童话的情节过于曲折复杂，是不大适宜入诗的，因为说明或解释恰恰是诗所力不能及的。"

这就说明了童话与诗的融合除了"天然因素"以外，还会有"人为因素"吧？

鲁兵既是一位诗人，也是一位童话作家，他为什么有时候以散文的语言来叙述一个幻想故事而写成童话？为什么有时候又以诗的语言和韵律歌唱一个幻想故事而写成童话诗呢？

任何文学样式都有所长，也有所短。童话诗

之所长就在于它除了具有幻想性较强的故事以外，还具有诗的抒情特质以及精炼集中、脉络清晰（不是过于曲折复杂）的故事情节，还有诗所特有的语言表现力和韵律。

读鲁兵的童话诗和童话故事，我有不同的感受：前者使我直接地体验到了诗人感情的流动，我不但被故事情节所吸引，同时还受到诗人主观情绪的感染；而后者，作者往往隐蔽在故事的背后，导演着他的一幕幕戏剧。

《老虎外婆》是作者根据民间故事写成的童话诗。主人公小朵朵勇敢机智沉着，通过一波三折的情节，已给我们留下深刻的印象。当情节紧张地展开时，"门上钉满绣花针，／扎得老虎爪子像蜂窝。／谁干的？／小朵朵！""水缸里养着大螃蟹，／咬住老虎爪子甩不脱。／谁干的？／小朵朵！""灶膛里放着大爆竹，／炸得老虎瞎眼啰。／谁干的？／小朵朵！"这连续的设问，铺排的咏唱，使我们感受到了诗人因小朵朵的胜利而难以抑制的兴奋喜悦。

论鲁兵的
童话诗

他那首"痛定思痛之作"《母亲和魔鬼》，是一首善良战胜邪恶、呼唤良知的战歌，也是一首母爱的颂歌。诗人写道："母亲的爱／有着不可战胜的神力。"

但是阴险毒辣的魔鬼，利用了孩子的单纯幼稚，把他变成了"魔鬼说打，他就打，魔鬼说杀，他就杀"的"小夜叉"。而最后，还是伟大的母亲用自己的鲜血挽救了他的生命，恢复了他的良知，使我们看到了这首童话诗的"大团圆"的结局。至此，故事并没结束，夜神为这"大团圆"前来道喜，"跟母亲絮絮叨叨地闲话，／把这件事从头说起，／真个是：酸甜苦辣"。诗人似乎也难以平复他的激动，他情不自禁地赶到前场亮相了：

当时我也在场，

把她们说的一一记下，

回家来一夜没合眼，

写了这篇母亲和魔鬼的童话。

诗人的亮相，不仅给人以真实感，也使人感到十分亲切，仿佛诗人所歌唱的故事，都是他亲身经历的，他曾经与主人公同呼吸、共命运过；我们仿佛还看到了诗人"痛定思痛"后的解颜而笑。

他那首《袋鼠妈妈没口袋》另辟蹊径，诗

39

人又以另一种姿态出现。当袋鼠妈妈正为自己没有口袋发愁的时候，"对面来了一位老工人，／咦，／胸口挂着一条大围裙，／瞧，／围裙上面口袋多得很。"他和袋鼠妈妈说："别发愁，／别苦恼！／我的大围裙，／送你要不要？"最后袋鼠妈妈得到了一个大围裙，除了"一个口袋装着宝宝"以外，其他"一个口袋装小青蛙，／一个口袋装小松鼠，／一个口袋装小蜗牛，／一个口袋装小白兔，／大家都是好邻居，说说笑笑很和睦"。那个结尾也出人意料：

还有一个口袋空着呢，

等着你去住。

这结尾看似不经意，但当我体会玩味这几句时，我想这不仅会使小读者觉得诗人参与了袋鼠妈妈找口袋的故事，还由于诗人直接面对着"你"讲话，他让"你"也住进那个口袋里，在你的眼前不是立刻就浮现出那位蔼然可亲、幽默风趣的"鲁兵爷爷"了吗？

从上述两首童话诗可使我们真切地感受到作者的情感与个性。诗人始终关切着他的人物的命运，诗人的音容笑貌，就在他歌唱故事的时候显现在我们面前了。

41

诗人在他的童话中所流露的热情、幽默、率直，并非完全由故事情节本身所生发，还应当看到这是诗人的艺术风格，是他生活与性格的结晶。

童话诗作为以描绘客体形象为主的叙事诗，在通常的情况下，诗人的个性在诗中是间接表现出来的；诗人的爱憎、愿望和倾向，一般是融合在客观形象和情节之中的。但是，由于童话诗是诗，因而它必须具备诗的一般特征，要在情节的进展中，流动着诗人的感情。

在我看来，优秀的童话诗常常涌动着情节之流、感情之流和音乐之流，它们此起彼伏，时显时隐。有时，情节之流是清浅舒缓的，而感情的浪花翻腾跃动；有时，情节之流飞速奔涌，而感情的浪花又变成一道道涟漪。而音乐之流始终伴随着情节的进展与情感的起伏。

在童话诗中，如果将诗人的感情融汇其中，那就必须构筑情节跳跃的空间，以留给情感的抒发。鲁兵在谈到他创作《扫帚姑娘卖花郎》时曾经说过："'扫帚星'的故事，很美又很有意思，我写到一个既重要又曲折的情节时，就像客轮碰到沙滩，搁浅了。真是弃之可惜，续之无力，弄得情绪很坏。"但诗人最后还是离开了那片使客轮搁浅的"沙滩"，愉快地航行在水流之中。

现在，如果我们对照着上边的引文来阅读

《扫帚姑娘卖花郎》，我们就可以看出作者肯定是对原故事中"曲折复杂"的情节进行了一番删节功夫，在淡化情节的同时，才有可能"浓"化感情。诗人的职责是描绘，而不是说明和解释。

请看，诗人是怎样描绘扫帚姑娘的美貌的：

姑娘有多美？

杏花垂下头，鸟儿闭上嘴。

再看，诗人是怎样描绘卖花郎由于见不到扫帚姑娘，那失魂落魄的神态的：

卖花郎，

卖花郎，

望着竹扫帚，

想着那姑娘，

好像喝醉了酒，

又像在梦乡……

一个用了烘托，一个用了渲染，两者都是描绘，透露出诗人主观的感受。

当诗人写到卖花郎扎的四季十二种绢花的时候，说："绢花比真花，／一点也不差，／逗得蜂儿采蜜迷了路，／蝴蝶恋恋不舍忘了回家。"这里用笔简洁活泼，表现力很强。

接下去写到人们戴上绢花的神态更为生动

感人：

新媳妇买了花，

喜滋滋就往头上插；

大姑娘买了花，

留着出嫁那天才戴它；

还有一位老婆婆，

她也买了一朵花，

红玫瑰，

白头发，

瞧她多精神，

哪像今年六十八。

这纯然是诗人热情的歌唱，他一而再，再而三地以排叙的手法渲染出人们得到绢花的喜形于色，也使我们感受到诗人由衷的赞美，从一个"花"字引发开来，诗情一路涌出，处处成趣。

诗人对于故事中曲折复杂的情节大加删节，极力收缩，而遇有可以抒发情怀的契机，则又会

淋漓尽致、齐桨全帆地咏唱。

童话诗在情节的安排上要注意繁简丰约的适度。我阅读鲁兵的童话诗，常常会在领略优美有趣的故事情节时，伴随着韵律的流响，情不自禁地进入了诗的意境。诗人不但可以化繁为简，一以当十，还可以化简为繁，把一个简单的情节点化入妙。我想，这主要是为了不至于让诗意的"客轮"搁浅在情节的"沙滩"上。

鲁兵的童话诗经过了他心灵的过滤，因而带有他浓重的感情色彩。他对故事情节的再创造，在故事繁简的布局上，以及属词缀句、语言风格的转换上，都带有了个人鲜明的感情印记，这成为鲁兵童话诗的重要标志。

三　以美听的语言歌唱故事

鲁兵说："对于童话诗，自然要有诗的艺术要求。"在我看来，这"诗的艺术要求"首先是诗人对于作品中的人物事件要有狂喜巨痛的强烈感受，并能以诗歌式的语汇给予表现。

一个儿童诗的作家，在心智情感上应当比一般人更容易接受富于儿童情趣的想象和幻想，并在他的情感上产生真实的感受。这种感受使他激动不已，使他产生歌唱的冲动，并发而为诗，即由精妙的文字所产生的那种气韵生动的艺术效果。

正是从这个意义上说，"诗的艺术要求"首先是对诗人艺术感觉的要求。对于一个儿童诗（包括童话诗）作者来说，就是要有敏锐的感受儿童幻想世界的天赋本领。

鲁兵的童话诗所表现的热情、欢乐、幽默是最贴近儿童心理的本质特点的。因此，他是一个天赋的儿童文学作家。

诗要表现人们心灵的声音。诗的文字较之一般的文字要具有更多的意蕴，童话诗也如此。童话诗不但需要大声朗读，以取得声音悦耳的效果，还需要潜心品味，才能体会到诗的"隐秘力量"，从而受到感动。

鲁兵的童话诗是经得住大声朗诵的，因为它

极富音乐性。当我们通过听觉来感受他的童话诗的时候，那直接的、迅捷的、强烈的艺术效果就像音乐一样直抉我们的心灵，似乎用不着更多的思辨就能感受到情节的变化和感情的起伏。

他的童话诗在句式的安排上，在节奏的变化上，多依据情节进展的缓急、情绪气氛的强弱。遇有情节紧张的章节，语句多短促跳跃，以排叙的句式，以快速的节奏显示出情节的紧张。如《小老鼠变大老虎》中的一节，当写到小老鼠变成大老虎以后，他想："以前我老是受欺侮，／这会儿呀，／我来吓唬吓唬小动物。"紧接着展示了这样紧张的场面：

常常想起的
朋友

吓得花猫钻狗洞，

吓得黄狗进鸡屋，

吓得山羊跳过墙，

吓得公鸡飞上树……

"喵喵喵……"

"汪汪汪……"

"咩咩咩……"

"喔喔喔……"

53

文字简劲直捷，干净利落，句式规整统一，尤其以短促的拟声显示出了小动物们惊慌失措四处逃窜的情景。

而遇有情节舒缓的抒情章节，又会有抒情诗般的幽馨韵致。《穿绿背心的小女孩》全诗没有曲折紧张的情节，故事展开的环境很有诗的意

境。诗的开头是这样写的：

夏天的傍晚，

老奶奶

天天在院子里讲故事，

听故事的

不只是她的小孙孙，

还有村子里许多孩子。

老奶奶讲故事了，

孩子们就肃静肃静，

连蛐蛐也不叫了，

躲在石头缝里偷听。

论鲁兵的
童话诗

这很像讲故事的口吻，以娓娓闲话造成一种恬淡自适的氛围。缓慢舒散的句式，给人留下的是宁静、平和的语感，就像在听一首柔美抒情乐曲的开头。

无论叙事，无论抒情，鲁兵的童话诗在语言上都十分注意美听的效果。他曾经谈到创作童话诗在语言上对自己的要求："为小娃娃写的童话诗，我向儿歌靠拢，但又不是纯粹的儿歌，而是介于儿歌和诗之间的一种形式。"

我想，鲁兵创作童话诗之所以"向儿歌靠拢"，这除了因为他从小受到儿歌的熏陶，此后又创作了大量儿歌，熟练地掌握了儿歌的艺术技巧之外，还因为儿歌最易于被幼儿接受，儿歌选词造句的方法，万籁千声的音韵最贴近幼儿的欣赏趣味。

鲁兵早年也写过无韵的自由诗，但他认为"为儿童写诗，以用韵为好，这有助于加强音乐性"。在用韵上，他要求很严格，"有的整篇一韵到底，有的一节一韵或几节一韵。"对于年龄较小的幼儿来说，诗的韵律有时比内容更有其直接的吸引力。押韵可以在声音上造成一种回环美，使一首长诗成为一个整体而不致流于散漫。一韵到底的诗更具有这种效果，像《小老鼠变大老虎》，一百多行的长诗一韵到底，且押得十分自然，没有因韵害意，实属不易。在鲁兵的童话诗中，一韵到底的占了多数，可见作者对于押韵技巧的熟练。

他有的童话诗"一节一韵或几节一韵"，这可以通过变换韵脚来显示故事情节发展变化的段落层次，有时又显示出感情色彩的变化。变换韵脚可以在听觉上给人一种活泼跳脱的感觉，显示出多种声音交替回环的美。比如童话诗《小豆豆》中这样的句子：

呼噜噜，呼噜噜，

大狼打呼噜，

好像磨豆腐。

咯吱吱，咯吱吱，

大狼咬牙齿，

好像拉锯子。

这些诗句，内容与声音十分谐和，变化中又有统一，听起来别有韵味。

如果说韵脚和节奏还属于外在的音乐美，那么，诗的语言所追求的丰富的意蕴，简洁而富于表现力，读起来就会使人体会到一种内在的旋律美。请看《金鞋》中这样的诗句：

小叶限
初一上山去砍柴。

后娘说：

"让老虎吃了，活该！"

山上的老虎，

怕吓着小叶限，

躲在山洞里不出来。

小叶限

初五下河去打水。

后娘说：

"淹死了才好，省得埋！"

河岸的芦苇

怕绊着小叶限，

连忙让出一条小路来。

这两节诗将后母的凶恶狠毒与老虎及芦苇的

善良作了鲜明的对比，他们不同的音容笑貌、语言行动，通过不多的文字就被点染得淋漓尽致。诗人将人物的性格语言和描绘语言加以区分，造成两种不同的语感；两段文字，结构复沓，又用了长短句式，忽雅忽俗，亦庄亦谐，使人很容易体会到与内容相一致的内在的旋律美。

读鲁兵的童话诗，会使你感受到，无论是人物的活动，还是情节的发展，一直是处于音乐的流动中，这除了由于上述押韵和节奏运用自如能造成音乐效果以外，还由于诗人十分注意句式的变换搭配，有时洗练整饬，有时自由任意，有时严谨工稳，有时情溢乎词；音调节拍变化多，不板滞，不拘执，内容与形式达到高度的统一。

　　鲁兵在他的《学诗记》一文中曾这样描述他作诗的情景:"情之所至,思之所至,兴之所至,写诗本来就不必拘于一体,囿于一格。"叶圣陶先生也夸赞他的旧体诗"纯任自然,隽永之至"。可见他的诗情源于他的心声,那美声的音韵本是发自他的情思。

　　鲁兵还谈到他写作童话诗借鉴了我国古典小说的白描手法,也借鉴了古典叙事诗。他说:"我写童话诗受益匪浅于传统。"

　　鲁兵的借鉴,一在简练,二在平易。简练,即诗的概括力和表现力,以少许文字表现丰富的客观事物和主观感情。平易,则以通俗的口语表现含蓄深邃的内容。他的童话诗就汲取了旧体诗和古典小说的这些长处。他又借鉴了儿歌的谐谑活趣和上口悦耳，从而形成了他简练、晓畅、幽默、美听的语言特色。

四 结束语

鲁兵说："幼儿文学不可能产生什么皇皇巨著，可是它担负着滋养上亿孩子的任务。我是把它当作一件了不起的事业来做的，诚惶诚恐的是未能做好，愧对孩子。"每当读到这几句，我就深深地被感动，心中油然而生敬意。

事实上，在童话诗的创作上，不是也出现过普希金的《渔夫和金鱼的故事》那样的名作吗！

鲁兵的童话诗，不但是他本人儿童文学作品中的上乘之作，即使放在我国当代儿童文学的园地里，它也是一束色泽鲜艳、历久不衰的鲜花。而且在探讨童话诗的创作方面，他的创作实践，他的理论著述都有所建树。

鲁兵是主张儿童文学应具备教育功能的。但他同时又极力主张儿童文学的审美功能。统观他的全部童话诗创作，绝无那种训诫教化、警世喻众的文字。他的童话诗带给孩子们的是精神上的滋养。鲁兵爷爷，没有"愧对孩子"。如果说还有什么令人感到遗憾的话，那就是他的童话诗在数量上还不能满足孩子们的需要。写到这里，我忽而又想，如果把他和同时代的儿童文学家相比，又有谁像他那样致力于童话诗创作呢！但是，我们还是盼望着他能经常有童话诗新作问世，让孩子们在精神上得到更多的活的财富。这虽近似苛求，却是出于对鲁兵其人其作的一片爱心。

我记得鲁兵早年在一首诗中曾这样写道：

我笑起来

故事会从嘴巴里溜出去的

我说：

当故事从你的嘴巴里溜出来的时候

我们就会笑起来

因为他带给我们的是一种永久的快乐。

1992 年 8 月　北京

明敏　自然　优美

——读樊发稼的幼儿诗

早就想谈谈樊发稼的幼儿诗。我一直在想：评论家能写诗，我又能评一评评论家的诗，这一定是一件很有趣的事。

在一般人的印象中，评论家长于逻辑思维，写起评论来必然是简约紧凑，讲究谨严，有条理，不像诗人那样，每逢激情迸发，想象驰骋，常常是抓不住、收不拢似的。

奇怪的是，两者竟集于发稼一身了。

我不知道，当作为诗人的发稼写完一首诗的时候，作为评论家的发稼是否能站出来对自己的诗作品评一番？

当事者迷。我信这个。

于是，我敢评一评他的幼儿诗了。

明　敏

依我看，发稼绝不是一个只会枯坐在书斋里，整天价苦读笔耕的评论家。其实，他有一颗明敏易感的心。他心灵的眼睛睁得大大的，望着孩子们的世界，哪怕是微不足道的事物，也常常能引发他的诗思。这本领是诗人所特有的：

树林里的小鸟，

都是些用功的孩子。

每天一清早，

就起来念书。

满树的树叶子

是他们绿色的书页。

（《小鸟》）

明敏　自然　优美

树和鸟经常出现在我的诗中。现在，我读了他这首小诗，我要说，这是他的新发现，我没写过，别人也没写过。这要靠独特的本领。

发稼的那颗心永远醒着，他敏锐地感受着生活，而且由于他的心对孩子特别善感，所以写出来的就是真正属于孩子的诗。这是他的天赋。所以，即使他早已脱离了儿童时代，他对童年的生活也永远不会忘怀。"呵，那些遥远的记忆的梦幻，一如带露的透明的绿叶，在故乡的春风中摇曳……"（《童年散拾·题记》）你听，这就是诗人发自内心的感叹，他就是这样满怀深情地对童年的故事进行着不断的抽绎舒卷。即令时光荏苒，他忆起童年仍会诗思飞越：

我出去玩会儿

给爸爸扔下这么一个

甜津津的狡黠的谎

我撒腿就跑

河里的冰真厚

我用铁钎

凿出一个洞

拖出一条大鲫鱼

我要给妈妈

送一个突然的大欢喜

她昨夜里

71

刚生下一个

胖乎乎的小弟弟

（《冬天里》）

他就是这样明敏地感受着、重温着童年的记忆。这记忆就像诗的摇篮，摇出了一串串永远清新的歌。他又全身心地回归到童年时代了，而且是带着"过来人"那一份感激之情，写下了这童年的有趣的故事。

一个儿童诗作家，能有一颗对于"童年"非常明敏的心，他就会写出情真意切的儿童诗。他不必特意蹲下来逗引孩子发笑，他的眼睛，他的心灵，本来就闪耀着温暖的光，唱出的是那对于童年永不会忘怀的歌，永远有情有味的歌。

自　然

　　读发稼的幼儿诗，就好像在听诗人的低喃絮
语。他的诗很少有那种振鼓呐喊、引吭高歌的调
子，倒很像从深山峡谷里潺潺流出来的泉水，稍
不经意它也许就会悄悄地从你脚下流走了。读他
的幼儿诗，你得仔细倾听：

　　小蘑菇，

　　你真傻！

　　太阳，

明敏　自然　优美

没晒。

大雨，

没下。

你老撑着小伞，

干啥？

（《小蘑菇》）

常常想起的
朋友

初读这首小诗，你会觉得它就是孩子脱口而出的话，没有比喻，没有夸张，没有描写，一言以蔽之，没有技巧。

其实，技巧就在这平实浅近的话语中。

我读这首诗的时候，眼前立刻显现出了一个翠绿的世界，那是在夏季绿荫满地的树林里，一个孩子正蹲下来，望着那从地里钻出来的肥大的蘑菇，他不知不觉地置身于一个童话世界中了。这也许就是诗人曾经感受过的情趣。他感受颇深，他不必借助于技巧，他只靠艺术的把握。他所把握的就是那个既属于孩子又属于自己的美丽的幻想世界。

诗人就是靠了这艺术的把握，为我们写下了

明敏 自然 优美

一首首自然朴实而又情趣盎然的小诗。那首《猫

头鹰》是这样开头的：

猫头鹰，

你可是一只会飞的猫？

一对翅膀，

长着丰满的羽毛；

那圆乎乎的脸儿，

多像我家的小花猫！

用的是最平实的口语，却道出了一个新奇而自然的联想，它极贴近幼儿的心理和趣味。

小雨点，

你真勇敢！

从那么高的天上跳下来，

一点儿也不疼吗？

（《小雨点》）

我猜想，会有不少小读者和大读者喜欢这首

明敏　自然　优美

诗，但一时又说不出它的佳妙处。它朴素得就像一块不曾雕镂打磨过的天然玉石，但它又是一件艺术品。这是因为作者不加藻饰，崇尚自然，他宁肯舍弃华丽的衣饰，也要保存那属于孩子的纯真。著名诗人艾青在《诗论》中有过这样的论述："宁愿裸体，却决不要让不合身材的衣服来窒息你的呼吸。"他还说："明朗的语言，使语言给思想与情感完全的裸体。"发稼的幼儿诗，不仅在内容上是自然的、朴实的，在语言上也是纯净的、晓畅的，他喜欢用那种看似不经意，实则进行了提炼加工的口语入诗。

为了追求自然，他不但摒弃了修饰堆砌，甚至也舍去了外在的音乐性。他不愿因为刻意追求美听的效果而去斟酌韵脚，调整节奏。他的幼儿诗自然得就像春水，按照它们自己的流程流淌着；他追求的是鲜活的形象，鲜活的韵味，而这必须依法于自然。自然，这是发稼幼儿诗的又一特色。

优　美

发稼的幼儿诗，诚然不多见崇高壮美的形象，在内容上也不多见激烈的戏剧性的冲突。在他所创造的诗境中，我们见到的多为恬静自适的和谐美。

诗人看到牵牛花：

明敏　自然　优美

刮风，

下雨，

你全不怕：

紧紧贴着竹篱笆，

一个劲儿往上爬。

一天，二天，三天，

爬呀，爬呀，爬呀……

瞧，你身上挂着

越来越多的

胜利的小喇叭……

诗人着力写的不是风风雨雨的艰难，而是雨

过天晴以后的胜利和喜悦。

写小燕子:"树叶落了, / 天气冷了。/ 你又要 / 到遥远的南方去了。"而"我"给予小燕子的却是缕缕温情:

小燕子!

小燕子!

我给你做件小棉袄,

穿得暖暖和和的,

就在我家过冬,

不好吗?

这又是亲切关怀的直抒胸臆。

81

　　发稼的幼儿诗多为淡雅、小巧、柔和的短章。我们读这些富于优美特质的短诗，常常有置身于和谐氛围中的审美感受，既无激烈紧张的情绪体验，也无戏谑嘲讽的喜剧效果，给予我们的是一种平和、闲适和恬静的心境。

　　优美的小诗易于为幼儿所接受，因为它所描绘的对象最易于和听赏者形成亲密无间的和谐关系。

　　请看诗人笔下的风："风阿姨啊，／那雪白雪白的云彩，／是你的／洗得干干净净的手绢吗？"在发出这天真的疑问以后，他又进一步设想：

——你把天空，

擦得那么蓝，

那么明亮……

即使是写大海："傍晚。／大海汹涌着／金
色的波涛……"诗人也努力表现大海的另一面：
平和、绚丽——

——哦，

是不是

太阳公公

在海里洗澡？

明敏　自然　优美

写水中的鱼儿:"树叶,／落了;／秋天,／来了;／天气,／冷了。／可鱼儿／还光着身子,／在河里游水玩。"于是,诗人循着孩子的关切,这样发问:

它们怎么就

不怕着凉,

不会感冒?

在幼儿的感情世界里，人与自然的关系是单纯的、和谐的。能将这种关系表现出来，就为孩子们创造了一个柔美和宁静的艺术世界。这种审美享受易于让孩子们生活在一个心旷神怡的心境之中，易于陶冶他们愉快、亲切、随和、细腻的性格。

这种心境与性格的培养是必要的。优美的诗给人的感受是轻松、明朗和快乐。这样的诗也易于与欣赏者形成和谐的对应关系，特别容易被幼儿所接受；幼儿在生活实践中，对客观事物较早发现的就是其优美的审美属性。幼儿来到这个世界以后，他就开始不断地认识着鸟语花香、蓝天碧野、清风朗日以及花鸟鱼虫。将这些美的景物

明敏　自然　优美

以诗的形式表现出来，必然会引起幼儿浓厚的兴趣，同时也培养了他们最初的审美能力。正是从这个意义上讲，发稼那些优美的幼儿诗，可以说是送给较小的孩子最富于营养，也最可口的精神食粮。

写到这里，我竟不知不觉地归纳出了发稼幼儿诗的几个特点。现在，我也成了评论者，同时，我也成了这篇评论的"当事者"。我不知道自己谈得对不对，只好就教于真正的评论家和广大的读者了。

1993 年 12 月

一颗灵敏的爱心

——读《林焕彰儿童诗选》

　　林焕彰的儿童诗，是真正的诗，是真正的儿童诗。它首先符合诗的要求，在内容上又贴近儿童的实际生活，容易被儿童理解，使他们有兴趣欣赏，所以是真正的儿童诗。

　　不是所有的诗人都能写得出优秀的儿童诗。但是，如果你想写出优秀的儿童诗，你却一定要经过"新诗写作的磨练"。

　　焕彰是从写现代诗开始的，及至 1974 年他才"开始专意写作儿童诗"。其实，早在 1967 年，他那首《月方方》，就是"富有童话

87

意味的一首儿童诗"了。只是那时候，他那颗童心尚未复苏，或者是他还没有发现自己早已具备的写作儿童诗的天赋。

现在，我们读了他这本儿童诗选以后，我要说：焕彰，你是一位天赋的儿童诗作家。从你的诗中，你发现了自己，我们也发现了你。

一　爱心，儿童诗之源

当我们问起焕彰：你为什么写儿童诗？他回答说："为儿童写诗，我觉得很愉快，是我自动自发的，我以为这是爱心的表现。"

焕彰这句最朴实不过的回答，向我揭示了为

儿童写作的"秘诀"，这就是：一、为儿童写作常常伴之以愉悦感。二、这是天性的自然流露。三、他有博大的爱心。

我认为没有这三方面的素质，很难成为一个真正的儿童诗作家。

当我翻开这本《林焕彰儿童诗选》时，我随意选一首阅读，都可以感受到快乐。这特点在他的幼儿诗中有最明显的体现。以《妹妹的红雨鞋》为例，所表现的是真正的儿童感受：妹妹有了一双新雨鞋，就盼望着下雨，她可以穿上它"到屋外去游戏"，而"我"看着那一双红雨鞋，"游来游去，／像鱼缸里的一对／红金鱼"。这个比喻贴切、生动、鲜丽，完全是孩

一颗灵敏的
爱心

子想象的智慧。我认为诗中的"我"，不必认定为小妹妹的哥哥或姐姐，这个"我"，可以说就是诗人自己，因为当他面对小姑娘雨中嬉戏的情景时，他可以"自动自发"地浮现这样的想象和比喻。

一个真正的儿童文学家，他不必提醒自己蹲下来和孩子谈话，只要有适当的契机，他就可以全身心地复归到童年时代，从整体上把握儿童的特征，他又变成了一个更为真实的孩子。

"阳光跳到树上，／每一片叶子都叮当响着"（《鸟儿最先知道》），这完全是儿童对于大自然的感受，那色彩，那声响，那动感，都是童年生命力特有的表现。

"椰子树有一双很长的手，/白天想摘太阳，摘不到；/晚上想摘月亮，也摘不到。/不过，他是从不灰心的，/每天都努力向上伸长，/所以节节升高。/我想，有一天，/他想要的，都会得到。"（《椰子树》）一个隐含的"高"字，生发出多么丰富的幻想。我猜想，当初诗人仰望着高高的椰子树时，他不必去启发孩子讲出他们的想象，此时此刻，他只需把自己的切身感受写出来，就是十足的儿童的想象，因而也是真正的儿童诗了。

对于一位儿童诗作家来说，对孩子的爱心，是灵感的源泉，是想象的催化剂，是幻想的翅膀，他可以"自动自发"地将生活经过提炼，纳

一颗灵敏的
爱心

入他的儿童诗的内容和形式中来，有许许多多的题材自然而然地转换成儿童诗的题材，并且用儿童诗的艺术方法加以表现，这就是焕彰作为一个儿童诗作家的天赋。

"为儿童写诗，就像每一个父母对待他们的子女一样"，这是焕彰创作儿童诗的心境。只有获得这种心境的人，才能全心全意地爱孩子；唯有爱孩子的人，才能理解他们，尊重他们，从而为他们写出被他们理解、被他们喜爱的诗篇。

二　化平淡为奇异

焕彰的儿童诗，不追求题材表面的分量，他

十分注意题材贴近儿童的日常生活，从他们最平凡的生活中提炼出美的形象。他那些成功的儿童诗之所以感动我们，不在于选材的奇特，而在于奇特的艺术表现。

他能于最平凡的生活现象中创造出童话的境界。他那首《公鸡生蛋》，单看题目就够引人入胜的了。而当诗人写到"公鸡跳到屋顶上：／喔喔喔，真的出来了！／我生了一个好大好大的金鸡蛋！"时，诗人把一个再平常不过的日出景

一颗灵敏的
爱心

象加以想象，加以生发，最后发展成一首小童话诗，给我们创造了一个奇特的童话世界。诗人带给小读者的是满足好奇心的阅读快感。

那首《图书馆附近的小麻雀》，也是诗人将司空见惯的生活现象以童话的构思加以表现，从而使平淡变得富于情趣。"住在图书馆附近的小麻雀／他们都很喜欢念书"，单凭这个开头，就够有童话色彩的了。最后，那些小麻雀"全部停在我翻开的一本图画故事书里，／对着我羞羞地说，／我们读过的字，已经比你还多"。这个结尾更加突出了儿童情趣。

诗人善于将一个简单的比喻加以扩展，加以丰富，使其成为具有幻想性的情节，因此，诗的内容变得更加丰满、有趣。像《古井和月亮》，本可以浓缩成一个简单的比喻，但那样就会变得索然无味。诗人的目光更加开阔地观照着生活，使他的想象飞动起来。他不以得到一个贴切的比喻为满足，他还要将这个比喻创造为一个童话的情境。像《拖地板》这首诗，表现的是平淡无奇的日常生活，但是作者在比喻的基础上加以发展，构成了情节，就更加引人入胜了。"我在淋过水的地板上玩儿，／像在沙滩上走过来走过去，／留下很多脚印，／你留下很多鱼。"如果说这最后一句中的比喻已给人新鲜之感，那么"我很起劲地拖地板；／从头到尾像捕鱼一样，／一网打尽。"这个结尾就是比喻的发展，

一颗灵敏的
爱心

就更加显示出儿童喜欢幻想的天性了。那首《爱读书的蜗牛》，只有短短的六行，读后却使人感受到许多艺术的发现。把蜗牛爬上的"一堵古墙"比作"一本好书"，而把蜗牛爬行留下的痕迹，说成"一天一夜才读了一行诗"，这是多么奇妙有趣的想象！这首诗的构思，也许是源于一个比喻，但诗人乘着想象的翅膀飞动起来，就使诗的韵味浓厚了，意境幽深了，我们也因此获得了更多的审美愉悦。

诗人曾经这样说过："我不停地写作，是为了要写出我对人生的关怀。"通过读焕彰的儿童诗，我们不难发现他有着富于人情味的目光。他带着深沉的爱，专注地观察着儿童的生活，慢慢地他将自己融汇于其中，自己完全回归到童年时代。他以儿童真诚的情感来感受生活，描绘生活，因而才于平淡的生活中有新的发现、新的创造。他的儿童诗将我们引入一个美丽的新奇的世界。

一颗灵敏的
爱心

三　不避浅白求极致

诗是语言的艺术，它要求语言的表现力更加精致、优美、丰富。它激荡人心，又启人思考。儿童诗的语言同样应具备这些特点。但是，因为它的读者年龄、心理以及学识上的特点，又要求儿童诗的语言更加通俗上口，浅近有趣。

焕彰儿童诗的语言功力，常常表现在词汇的选择和调配上。初读他的诗，会感觉到那些诗句如出自儿童之口，极浅显易懂。再三吟咏，你又会发觉作者似乎在反复吟诵之中，的确花费了不少斟酌的工夫。

他有一首题为《童话》的短诗，共有两

节，写的都是一个孩子在雨天的幻想。第一节："下雨了，／走走走……／走到爸爸的口袋里，／变成一个小铜币；／不会淋雨，／又可以买东西。"这一节诗，表现了孩子两个连续性的想象，作者选择了一系列有表现力的"走""变""买"等动词，就把孩子活跃的思维活动呈现出来。另一节表现的也是雨天的故事："爸爸，天黑黑／要下雨了，／雨的脚很长，／它会踩到我们的，／我们赶快跑！"初读，你说它是孩子说话的实录，也未尝不可。但是，如果你仔细玩索一下，你又会发现，作者正是有意用最朴素的口语来表现孩子们奇妙的想象，因此才显得更加自然、真实。而且作者也并

一颗灵敏的
爱心

非随意说出，还是经过了一番筛选和调配的工夫的。先说"雨的脚很长"，如果说这一句还是由"雨脚"一词衍化而来，那么"它会踩到我们的"这一个"踩"字就全然是孩子的想象了。这个最普普通通的动词用在了这儿，就为我们描绘了很有趣的情境。

儿童诗语言的表现力不在于词汇的艰深冷僻，而在于作者熟悉儿童的思想感情和思维特点，然后选择富于表现力的字眼儿，将它安排在最为恰切的地方，它就会熠熠生辉。焕彰曾经说过："诗要有意味，但诗的意味不存在于华丽的辞藻，而是看你所使用的文字是否准确以及有无新鲜的感觉；因此，诗的语言不必避讳浅白和粗俗。"这几句话，虽然谈的是他写现代诗的主张，但它完全适用于儿童诗。儿童诗的语言，同样需要这种"新鲜的感觉"。

语言的"新鲜的感觉"，来自作者对儿童生活亲切的感受；如果作者怀着一颗"灵敏的爱心"去体察儿童的思想感情，他就会有新鲜的发现，进而才能有新鲜的表现。

对于那些极普通的生活场景，如果你能以儿童的方式去观察它，感受它，你就会赋予它一种崭新的生命力。春天的景色是迷人的，它在儿童文学家的眼中就更加迷人："春天来了，／春天在草地上／插了许多小黄花。／小黄花，／是春天轻俏的眼神，／是春天闪烁的脚印，／像许

一颗灵敏的
爱心

多金色的小纽扣，/镶满了大地的新衣裳。"（《春天》）这是一种全新的独特的表现，春天被描绘成一个可爱的小精灵，她在草地上"插了许多小黄花"，由此用了一连串的比喻，将春天的色彩、声音和动作一一展现在你的面前。他那首写蝉的诗也很新巧，更巧的是结尾部分：由于蝉"只爱在树上唱，/所以，一到了夏天，树都变成了/会歌唱的伞"。（《蝉》）语言还是那么浅白，但带给我们的是"新鲜的感觉"，这就是艺术的发现。

焕彰曾经说过："诗的语言所需要的是在于如何发挥它们的极致，达到最好的效果。"对于儿童诗的语言来说，"它们的极致"和"最好的效果"就在于作者提炼浅近的语言，加以艺术的调配，从而强化其表现力。焕彰的儿童诗很少用华丽的辞藻，也很少用形容词，"他以口语作为写诗的利器"表现出来的似乎是不经意的自然流露，但仔细品味起来，又有不尽的甘醇，这不能不说是运用语言的技巧和很高的造诣了。

四　形式美　音乐美

诗最讲究形式美。没有了形式美，也就没有了诗本身。形式为内容服务。因为诗所要表现的内容最为精微，因而在形式上的要求更加严格。

诗的形式美，鲜明地体现在它的音乐性上，

一颗灵敏的
爱心

没有了音乐性，也就没有了诗本身。儿童诗也如此，甚至要比"成人诗"更加注意音乐性。

焕彰"在新诗的写作道路上摸索了近二十年之后，才开始专意为儿童写诗"，这说明他为创作儿童诗做了充分的准备。他可以借鉴自己创作新诗的经验，为他在儿童诗形式上的创新打下了基础。

焕彰的儿童诗，在音乐性的表现上，似乎不那么重视诗的押韵和整齐的节奏。他的儿童诗和他的现代诗一样，写得都比较自由。读他的儿童诗，如仰视天上行云，俯听地上溪流，很自由，有一种无拘无束的轻松感。

他曾经说过："为每一首诗创造一个新的形

式，绘出一个新的情境。"从他的儿童诗的音乐性上看，他的确创造了不少新的形式。

他有一些儿童诗，具有内在的音乐性，诗的节奏完全与诗的感情合拍，读起来即使单凭听觉，也能直觉地感受到诗所要表现的情境。我们读他的《春天的早晨》：

鸟

开始鸣叫

时，好像在

很远

很远的

地方。只是

一颗灵敏的
爱心

常常想起的
朋友

一会儿的

工夫，就看见它们

飞来

飞来

在我窗前。

……

我感受到的是微风从很远很远的地方传送来
鸟儿的叫声，忽隐忽现，时大时小，以及感受到
的是早晨的阳光，闪闪烁烁，时强时弱的情境。

他那首《花和蝴蝶》，让我感受到的是花与
蝴蝶互相嬉戏的情景，渲染出春天的熙熙攘攘、
欣欣向荣的氛围。

一颗灵敏的
爱心

他还有一些儿童诗，追求回环反复的音乐美。《拉锯》一诗，隔句反复"拉锯！拉锯！"造成听觉上的不断重复，恰与拉锯劳动本身在声音节奏上合拍。《小狗》则以短句的反复、大体统一的节奏，表现了小狗左顾右盼地望着大千世界的好奇神态。那首《夏天》，每节两行，而这两行是一字不差地反复，道出了孩子在夏天想吃冰激凌的渴望，以及吃到冰激凌以后，孩子所特有的惬意的回味。这感情的抒发实在是与诗所采取的反复手法相一致。

还有《妈妈的话》这首诗，基本上采用了顺读倒读都可读通的形式，看得出作者借鉴了中国古代回文诗的形式。这种回文形式，表现为听觉上的回环美，在内容上表现为两种情境的互相依存或互相排斥。这首诗所表现的就是孩子想"到外头去"和妈妈"不能到外头去"两种相悖的要求。细心的读者一定会感受到这种回文形式是如何帮助内容进行表达以及在听觉上产生回环美的效果。

焕彰还有一些儿童诗借鉴了音乐上变奏曲式的艺术手法，如《青蛙》《小猫走路没声音》。后者是较为典型的例子。诗开头写出"小猫走路没有声音，/小猫穿的鞋子是/妈妈用最好的皮做的"。第二节对这一主题做了"变奏"的发展，增加了"小猫知道它的鞋子是/妈妈用最好的皮做的"；第三节又在前面的内容上增加了

一颗灵敏的
爱心

"小猫爱惜它的鞋子"，第四节又增加了"小猫走路就轻轻地轻轻地"的内容，最后一节又增加"没有声音"一句，既是上一节的发展，又是与开头的照应。全诗就是通过这四次的"变奏"对为什么"小猫走路没有声音"做了反复咏唱。不难看出，这首诗所创造的新形式大大地帮助了这首诗绘出了"一个新的情境"，它十分细腻地抒发了小猫与妈妈的感情；这种形式还大大增强了儿童阅读的兴趣，使他们一面阅读，一面寻绎吟玩诗中微妙的变奏，从而一步步加深了对诗的情境的感受以及对诗的主题的理解。

诗的音乐性，源自诗人内在的情思。过去古人所说的"吹律胸臆，调钟唇吻"，说的就是声律发自内心，通过唇吻的调节使之和谐的意思。

我们吟诵焕彰的儿童诗，常常可以从他不断变化的新形式中，体味到优美的音乐性，这也显示出作者对孩子深厚的爱心，他就是以这支饱蘸着感情的笔，抒写着一曲曲动人的歌。

一颗灵敏的
爱心

五　简短的结束语

几年前，我曾经读过焕彰一首题为《童年的梦》的短诗，诗只有四行：

童年的梦

是小时候的我，

老爱自牛背上

滑落！

我想起他童年时代曾经做过牧童，我猜想那段生活的梦，已有不少又从牛背上滑落到他的儿童诗中了吧！

对于童年生活的常忆常新，是儿童文学家的天赋，也是必备的条件，它可以引导我们接近孩子，走进今天的儿童生活里来。

作为儿童诗作家的焕彰，他比一般人更加珍爱这童年的记忆，以更加深厚的爱关注着今天的孩子，这已成为他精神生活中一个重要的内容了。

他曾经说过："把写诗当作个人的生活记录。"我觉得他写儿童诗同样是他个人生活的记录，这份纪录从另一个侧面显示了他的感情世界。他关心着孩子们的成长，重视对他们心灵的哺育，这已成为他生活的重要追求。

他曾经要求自己"用最好的语言，最愉快的

一颗灵敏的
爱心

心境，最纯真的意念，最丰富的情感，最灵活的想象，最新的思想……来为他们写诗"。这是一个有使命感的儿童文学家的自白。

我相信焕彰在不断的艺术探索中，他的儿童诗必将"更上一层楼"。

我们希望他，在题材领域上不断拓宽，在艺术手法上不断创新，从浅白的口语中提炼出更加隽永、更有意蕴的语言。

我们，还有众多的孩子们，这样期待着。

1992 年 5 月

睿智、幽默的诗篇

——读高洪波的儿童诗

诗人高洪波每出版一本儿童诗集，必馈赠给我。迄今为止，我已收到他四本诗集：《吃石头的鳄鱼》《大象法官》《鹅鹅鹅》和《喊泉的秘密》。数月前，我又收到他的儿童文学评论集《鹅背驮着的童话》。读后，使我又从理论的角度了解到他对儿童诗的真知灼见。从洪波的这些著作中，可以看出他独特的感受和发现以及艺术的表现手法。

我常常这样想：应该让我们的孩子们从诗中得到些什么呢？也许诗人们的看法不尽相同。但

115

有一点大约会是一致的，即诗在感情上对人的潜移默化的熏陶。一个人如果从小感情纯正而丰富，他必定热爱真理，孜孜进取。诗，对于孩子们来说，像一位亲切聪明的母亲，她对孩子从不耳提面命、刻板说教。她会讲许多故事，声音甜美；她可以感动得你流泪，又可以使你破涕为笑。诗可以使你变得聪颖和深情，形成一种怡人的高尚情调。

读了洪波的儿童诗，给我留下最深刻的印象是：他的诗很机敏、睿智，在幽默的谈笑之间，不乏警句隽语。这说明诗人与孩子们的实际生活贴得很紧，他了解他们，热爱他们，怀着强烈的责任心为他们创作。

　　他早期的创作中，引人瞩目、闪现着他的艺术才能的是那些寓言诗。他摄取各类有趣的动物，通过那些吃石头的鳄鱼、高贵的天鹅、自夸的老鼠、采草莓的小刺猬……作者能顺其文思，触机生发，给你歌唱有趣的故事，启迪你的思考。

　　一只涉世未深的小狒狒，发现鳄鱼在吞吃

睿智、幽默的
诗篇

河滩的石头，就误以为这是一条"特殊的鳄鱼"，而鳄鱼也说："对呀，我虽长着锋利的牙齿，／却从来都是用石头填饱肚皮，／拉拉手交个好朋友吧，／我驮你过河去游戏！"正当小狒狒跳下树，一条小鱼揭发了鳄鱼的诡计："他吃石头是为了潜入水底，／消化食物才是真正的目的！"小鱼虽然被鳄鱼吃掉了，但它的忠告却使小狒狒明白了"鳄鱼永远是鳄鱼"。

洪波的寓言诗，把教育性、趣味性和知识性巧妙自然地融合在一起。这需要构思的功力。他的每一首寓言诗，都可以说是一首完整的小叙事诗。喜欢听故事，是孩子的天性，也是他们认识世界的途径。洪波就善于把教育的内容含而不露地隐藏在有趣的故事之中。像《花猫学游泳》，讲的是一只"小花猫想当游泳家，却害怕河里翻腾的浪花"，于是它逮了一只青蛙放在脸盆里，"自己在一旁认真观察"。白鸭来劝它，它反而生气地说："我不信，不下河就当不成游泳家？"诗的结尾，作者以提问的方式作结："哪位小朋友来回答：花猫当没当成游泳家？"全诗的寓意含在这巧妙的问话中。

他的另一首寓言诗《一幅杰出的画》，说的是狐狸用自己的尾巴作画，而且美其名曰"大写意画"。长颈鹿看不懂，就去请教狐狸的崇拜者野猪，野猪在发了一通议论之后，说这画"妙就妙在雾里看花"。正在这时，一阵大风吹过沙

睿智、幽默的
诗篇

滩，长颈鹿急忙回答："按照您的艺术见解，这才是一幅最杰出的画⋯⋯"这里用了归谬法，使狐狸与野猪的谬误不攻自破。这些诗都极富暗示的意蕴，给人轻快自如的感觉。

儿童最不愿人们把他们当孩子和愚人看待，

因此，他们对于说教最反感。洪波的儿童诗，充分地体现了他热爱孩子、尊重孩子的感情，他总是以浓缩的故事，通过动之以情达到晓之以理的目的。他之所以能做到这一点，我认为在于他思考的深刻性。他用生动的形象来思考，又用生动的形象显示思想。作者的那些生活积累、独特发现以及智慧的思考，都不是靠直白的劝谏和训诫来表达，而是融合于儿童感兴趣的形象之中。因而能让阅读这些诗的孩子们，忘记了自己是在受教导，使他们在不知不觉之中增德益智。这不能不说是作者敏于观察，勤于思考，又深谙儿童心理的结果。

洪波的思考是多方面的，因而他的诗在题材

上越来越广阔，在内容上越来越深刻。他努力做到把社会生活中的"重大事件"纳入儿童诗的领域，加以巧妙有趣地表现，从而开阔了儿童的视野，活跃了他们的思维。在《爷爷丢了》这首诗中，退休的爷爷"发现丢失了自己"，因为他告别了过去过惯了的"紧张的生活"。但在孩子们看来"爷爷真的成了爷爷"，因为他从此可以给"一大群小朋友"讲"骑马和打仗的传说，还有'捉俘虏'的秘密"。从此，在孩子们的眼里，这才是最了不起的爷爷，因为小朋友帮他"找回了许多快乐的回忆"。革命老人用他不平凡的经历哺育着第三代的健康成长，他的晚年生活注入了新鲜的内容。他的余热仍如春温一般，给儿童生活带来芳馥的气息。这样的诗是属于孩子的，也是属于老人的，它将老人的世界与幼童的世界沟通起来，这诗的内涵是丰富的。另一首题为《我患了感冒》的诗，鞭挞了良知的丧失，声讨了见利忘义的行为。由于吃了假药，孩子被"扔向病魔的怀抱，也把阳光和小鸟从我身边阴险地赶跑"。诗的最后这样写道：

真的，虽然我还小，

但我永远忘不了

这次患病，

以及这一包包假药

给予我的"治疗"！

睿智、幽默的
诗篇

这是一种控诉，声音也许是微弱的，但它已深深烙印在孩子们幼小的心灵上；这声音必将随着他们年龄的增长，变成有力的呐喊！

儿童诗应当引导着孩子们走向更广阔的社会现实，使他们变得更聪明、更成熟。洪波儿童诗中所表现的那种睿智，就好像临窗穿户的晨光，照彻儿童的思维，使他们的心智更加健旺活跃。

还特别值得赞许的是，洪波儿童诗中所表现的这种睿智，常常是以幽默的口吻，含蓄有趣、隐而不彰地表现出来。

记得他在一些文章中都这样强调过：在我的诗里，我力图寓教于乐地说点什么，当然，有时什么也不指明，仅仅是快活与幽默。但对于孩子们，这正是他们成长中的重要营养品。

诗人是如此重视"快活与幽默"，他的诗也体现了这一文学主张。读他的儿童诗，你感受最真切的是深沉含蓄的微笑。他的不少诗可以说是具有深刻意义的喜剧。那首脍炙人口的短诗《鹅鹅鹅》，写的是生活中司空见惯的事，家长为了炫耀孩子的聪明，每逢客人到来，就一而再，再而三地强制孩子背诵"鹅、鹅、鹅"，殊不知家长的这一要求，给孩子带来的是自由天性被压抑的苦闷，难怪孩子会说：

真的，我不愿当什么"神童"，

睿智、幽默的
诗篇

更不想靠"白鹅"啄来糖果。

如果妈妈带我去趟动物园，

那才是我最大的快乐！

作者以孩子的口气道出了他们的苦闷与要求，如果没有对孩子的心理特征的了解，如果没有一颗真正热爱孩子的心，是写不出这样的诗

的，这样的诗是多么容易引起小读者的共鸣，又多么值得家长深思啊！

另一首《汽水清清》，也是对某些家长的轻轻一刺。一个孩子向爸爸提问：汽水里的气"是怎样走进玻璃瓶中"的？爸爸回答不出，还"大发脾气"，怒斥孩子再不许"胡乱打听"。于是孩子猜想：

他准是喝汽水长大的，

脾气才这样大得不行！

这是孩子式的揶揄，虽带有几分幼稚，推断也不合理，但却可以使我们笑过之后，领悟到孩子生活中的矛盾现象：他们的求知欲是如何受到家长自尊的粗暴压抑的。这诗中所表现的孩子的幽默，含着不平，含着哀怨，也含着愤懑。这种幽默感是属于作者的，也是属于我们新一代的，它是智慧的标志，也是才能的表现。

洪波的儿童诗写得很轻松，但在轻松之中又包藏着深沉。他很善于从儿童生活中，从那些见怪不怪的事物中揭示出可怪又可笑的成分。读他的诗，我们常常会情不自禁地发笑，那笑是温和的，是诙谐的，是机智的，有时却又是苦涩的。但它是善意的，谑而不虐，委婉含蓄，因为它出自对孩子的爱，出自诗人的天职。

车尔尼雪夫斯基在谈到幽默的时候，曾经

这样说过："有幽默倾向的人，还必须具有温厚的、敏感的，而同时善于观察、不偏不倚的天性，一切琐屑的、可怜的、卑微的、鄙陋的东西都不能逃过他们的眼。他们甚至在自己身上也发现许多这样的毛病！"洪波就是这样把生活中那些"琐屑的、可怜的、卑微的、鄙陋的东西"告诉给孩子们。他给予儿童的并不都是"甜蜜蜜的东西"，他把生活中的酸甜苦辣交给他们自己去品尝，去辨别。他尊重艺术反映现实生活的规律，也相信小读者在读诗的时候，可以"思而得之"。

高洪波的儿童诗创作启示我们，儿童诗固然是快乐的诗，但它完全可以在"快活与幽默"中

睿智、幽默的
诗篇

深刻地反映社会现实，传达时代对下一代的要

求，培养他们对于真理的追求。

1988 年 5 月

童心童趣　诗情画意

——读葛翠琳的幼儿童话

评价葛翠琳的幼儿童话创作，应当把它放在这样一个基点上：幼儿文学最为全面、典型地体现了儿童文学总体的艺术特色。

幼儿文学是儿童文学的主体，幼儿童话又是这一主体的重要形式。如果不是夸张的话，是否可以这样说，一个真正的儿童文学家，几乎没有不关注幼儿文学创作的，不曾为幼儿写作的儿童文学作家，不能不说是一种重要的欠缺和遗憾。

葛翠琳创作了大量的长篇、中篇童话，她热心地为高年级和中年级的学龄儿童写作。但是，她总是怀着母亲般的深情和体察入微的目光为幼儿创作着大量优秀的童话。

研究葛翠琳的整个文学创作,她的幼儿童话占有重要的位置。这部分创作不仅体现了她的文学观,也体现了她的艺术风格和艺术功力。

葛翠琳的幼儿童话,给我的总体印象是:她怀着一颗永不泯灭的童心,以诗人的情愫,以短小精微的篇幅和语言,为我们创作了一批充满诗情画意的幼儿童话。

童心童趣

葛翠琳在一篇题为《我爱儿童文学》的散文

中这样写道:"每个人都有童年,不论它是幸福的,还是悲惨的,童年的回忆总是甜美的。……它唤起一种亲切的感情,使你热爱孩子。"

作家的这些话,可以看作是她所特有的一种优秀的禀赋。不是所有的人都能如此细致亲切地感受自己的童年。

这一禀赋加上作家的使命感,使她能够永远怀着热情去贴近孩子、熟悉孩子。她说:"幼儿的心灵,是童话的土壤。""幼儿的生活里充满了美妙的幻想。"(《幼儿童话散记》)作家就在这片心灵的土壤上"把一些美丽的童话栽种在这里"。

正因为作家的心灵贴近着幼儿的心灵,所以

他们之间最易产生共鸣，她能够经常怀着那种
"亲切的感情"将自己全身心地回归到那个有趣
的童年时代，体味着孩子们的思想感情，欢乐、
希望、理想以及悲伤，还有他们那个丰富多彩的
幻想世界。

幻想是幼儿精神生活中最活跃最丰富的内
容，没有幻想就没有童话。

春回大地，万物复苏，小公鸡在问："春天
在哪里？"于是，他去寻找春天。小白兔说：
"春天在青草丛里。"小蜜蜂说："春天在鲜花
丛里。"小青蛙说："春天在快活的小河里。"
小鸟说："春天在茂密的树叶里。"

小公鸡找到小草，小草正在"为春天准备绿

色的地毯"；小公鸡找到花苞，花苞正在"为春天准备芳香的花朵"；当小公鸡找到正在"为春天撒下可爱的绿荫"的嫩芽儿的时候，小公鸡受到了启发，它也"为春天准备了一支美丽的歌"。看，当春天被作家染上了幻想的色彩时，它就变得比现实生活中的春天，更绚丽、更丰富、更有趣。葛翠琳成功地把握住了幼儿的思

童心童趣
诗情画意

想特点，赋予抽象的思想感情以色彩、形象和声音。

幼儿童话的幻想性，反映了幼儿认知世界所特有的方式，这是他们从自我出发，表露自我、肯定自我的一种方式；作者正是在对这一思想特点的艺术把握上，创作了融知识性、思想性和趣味性为一体的幼儿童话。

幼儿是思维方面的魔术大师。他们有一种带有泛灵性的思维特点，这使他们的生活和精神世界充满了奇特的故事。

他们常常是依靠着幻想的本能与大自然的万物交流着感情。"在幼儿心目中，一切都是有生命的"，"生活中的现实，常常变成一个丰富的想象世界"（《幼儿童话散记》），了解了幼儿这个"想象世界"，自己也走入这个"想象世界"，正是葛翠琳创作幼儿童话的生活基础。她从现实生活中发现了层出不穷的童话故事，于是我们发现了寻找颜色的"花孩子"（《花孩子》）；遇见了善于学习，变得勇敢的小河（《快活的小河》）；把幸福和欢乐带到"四面八方"的蒲公英……在葛翠琳的笔下，这个大千世界里的花鸟虫鱼、山川湖泊，都变成了有着幼儿思想感情、启迪着智慧、培养着审美情趣的艺术形象。

葛翠琳的幼儿童话，以趣味性吸引着众多的小读者，在趣味中包含着生活的智慧和丰富的意

常常想起的
朋友

138

蕴，启迪着他们学会思考。如《落花生 喇叭花》，讲的是"两棵嫩芽，同时从湿润的泥土里露出头来"，一棵是落花生，一棵是喇叭花。落花生伸展出"碧绿的叶儿"，长出了"金色的小花"，"可小小的花儿很快就消失了，无影无踪"。喇叭花越爬越高，骄傲地说："我比大树还高。"当秋天到来的时候，孩子们"从落花生根底下的土层里挖出一堆堆果实"，而喇叭花呢，"叶子在秋风中飞落，花朵凋谢了，只留下一条枯茎紧紧缠绕在电线上，悬吊着几粒纽扣般的薄壳籽"。它不听落花生的劝告，没有"跌落下来，埋进土里"，没能获得"新的生命"。作品通过形象的对比，鲜明地表达了美在于朴实，

童心童趣
诗情画意

不在于炫耀，能投身于土地的怀抱，就会获得新生。

她另有一篇短童话《小路字典》，刻画了一条热情、谦虚、真诚的小路形象。他知道许多事情，知道老松树"生日是哪一天"，知道"老槐树上怎么结榆钱儿"，知道"为什么老榕树躺在地上长成卧龙树"，他什么都知道，所以当写书的猫头鹰"遇上不知道的事情，它就去请教小路"。当小兔和小松鼠好奇地问他："小路，为什么你能记住那么多事情？"小路深情地回答："因为我爱这里的一切……"这篇童话，没有曲折的情节，没有笑料，语言如行云流水，故事讲完了，却留下了亲切的形象，留下了思索。爱，不但使小路永远年轻，也使他变得聪明。那些平易朴实的语言，易于被幼儿理解和记忆，含有深刻的道理。这些道理不是靠说教，不是靠直白，而是和形象结合，融于生动的故事情节中，因而能使幼儿乐于接受，使他们能够终身体认。

童心童趣
诗情画意

幼儿童话诚然是为幼儿创作，但这不等于浅薄、幼稚，它可以通过大胆的想象、有趣的情节和生动的形象，给幼儿以知识和智慧，而这，要求作者有一颗充满情趣的童心，葛翠琳正是怀着爱心和童心，为幼儿创作着大量优秀的童话。

诗情画意

幼儿童话需要一个有趣的故事。但是，讲述故事并不是它唯一的目的。我们总是希望让孩子们从童话中感受到一种健康的情调，一种浓郁的诗意，一种优美的意境。童话要给幼儿创造一个比现实生活更美丽、更诱人的艺术天地。

葛翠琳的幼儿童话极富鲜明的个人情调，她那娓娓的叙述，亲切的语调，明朗的色彩，都是属于她所特有的。她的幼儿童话，给读者留下了乐观、深情、活泼、和谐的印象。

她曾经说过："幼儿童话应该是一篇动人的小诗。"正是这浓郁的诗意使她的幼儿童话具有了丰富的韵味。她是带着满腔热情来创作每一篇童话的。我们总是能在她所创作的童话世界里听到她的声音，发现她的身影。她像一个故事的参与者，讲述自己的亲身经历，字里行间洋溢着作者的爱。读她的《小路 小草》，我不但身临作者创造的美的环境中，感受到诗的氛围，我还感受到作者心灵的跳动。童话中那个"远道而来的

童心童趣
诗情画意

老人，低着头在路上徘徊，仿佛寻找失落的珍珠"，这分明融进了作者的影子，写进了作者的感受和认识，当老人得知他的脚印儿永远留在小路的身上的时候，"老人的脸上露出微笑，深深的皱纹舒展开来"。小路和小草也感受到"我们都很平凡，可我们很幸福"。作者始终以平静的语调，把一个富于诗情画意的故事缓缓道来。作者像一个诗人，她以自己的心灵歌唱着她的故事，她把自己的生命注入她的童话故事中了。

有时候，作者情不自禁地走进了她所创作的童话境界中，与她的童话人物同命运、共患难，她就是其中的"童话人物"了。《谁大？谁小？》以"我"入童话，带有浓郁的抒情色彩，

可以说是一篇诗体童话。"我凝望着地面",看着小蚂蚁艰难倔强地搬运着一颗蚕豆,它在"搬运途中不断地跌倒"。结尾这样写道:

> 小蚂蚁不哭。它们坚持不懈地奋斗着。
>
> 我却流眼泪,流啊流……
>
> 如果小蚂蚁笑我,多么不好意思。
>
> 我巨大。蚂蚁,微小。
>
> 可是心中的力量呢?谁大?谁小?

作者完全把自己置身于这个童话中了,她感情的投入是那样坦诚、真切,使这篇极短的小童话有一种直击心灵的力量。

葛翠琳在幼儿童话创作中是很重视艺术感觉的。她在现实生活中寻求着童话的独特感觉。哪怕一个细节描写，她也一丝不苟。如《礼物》，写一位很穷的老婆婆，"几块砖头支起一个锅，煮的是粗粮野菜。采来蘑菇，摘来野果，只有招待客人时，她才同吃"。写她的家，"小屋里土炕上铺一张老羊皮，冬天毛朝上，夏天毛朝下，这是家中唯一的铺盖。金黄的树叶燃起火苗，驱走小屋的寒冷潮湿；小鸟和虫儿的啼鸣，驱散老人的寂寞"。

　　就是这样一位穷困的老婆婆，"各式各样的人跑到老婆婆那里，每个人都得到了礼物"。为什么？我们读到了这样的结尾：

147

老婆婆很穷，可她的礼物总也送不完。

你猜猜看，老婆婆的礼物是什么？

老婆婆的礼物呀，是真诚的微笑。

这古老的故事，伴随着我长大。

如今，我已是两鬓白发，这动人的故事，仍清晰地刻印在记忆中。

我把老婆婆的礼物送给你，亲爱的小读者。

愿你们幸福快乐！

如果说对老婆婆居室的描写，是十分简洁、写实的，那么，这结尾的一段就像一首小诗。整篇童话，虚虚实实，如画如梦。

作者曾这样写道："幼儿童话应该是一幅美

丽的画。"这画里的迷人色彩，是作者用心描绘的。情与境的汇合，物与我的相融，真与幻的叠印，构成了葛翠琳童话中所特有的意境。

在语言方面，作者十分注重以浅近的口语、精练的语言和富于音乐性的听觉效果来讲述故事。

幼儿欣赏童话，还有一个学习语言的任务。因此，语言的纯洁、规范、简明、生动很重要。例如像这样的语句："鸟儿飞得快，蜻蜓飞得稳，蝴蝶飞得美，蜜蜂飞得急。"（《蒲公英的种子》）用词不但准确，还刻画出了这些形象的性格特征。像"风来了，雨来了，闪电举着火把跑来了，响雷敲着大鼓追来了"。（《小山羊朋友多》）把一些平平常常的自然现象用歌谣一样的句式吟唱出来，格外活泼，引人入胜。

《迷路的小鸭子》，像诗，像歌；可吟，可唱：

小鸟儿飞呀飞，飞到西，飞到东，一路上不停地打听：

"谁知道？谁知道？哪位鸭妈妈丢了小宝宝？红嘴巴红脚，一身黄绒毛……"

老牛听了哞哞叫："谁家丢了鸭宝宝？"

山羊听了咩咩叫："谁家丢了鸭宝宝？"

白马听了咴咴叫："谁家丢了鸭宝宝？"

黄狗听了汪汪叫："谁家丢了鸭宝宝？"

花猫听了喵喵叫：

"谁家丢了鸭宝宝？"

哞哞哞，咩咩咩，

咬咬咬，汪汪汪，喵

喵喵，一声低，一声高，

东呼西唤好热闹。

这里运用了拟声的手法，造成了声音的真实感；渲染铺陈的语句，表现了大家助人的热情和场面；节奏鲜明的韵文形式，则造成了一种此呼彼应的语感。幼儿听了，我猜得出，一定会拍手称快，就像听到一支节奏鲜明的歌曲。

所以，葛翠琳主张："幼儿童话应该是一首

151

感人的乐曲。"她还说："幼儿童话的语言，应该富于音乐性，明快的节奏，优美的韵律，朗朗上口，容易懂容易记，就像鸟儿的啼鸣，那音响久久萦绕在孩子的心里。"（《幼儿童话散记》）葛翠琳已经用她的创作实践印证了她的主张。

浓郁的抒情色彩，细节的诗意描绘，优美的意境创造，短小精微的结构以及富于音乐性的语言，构成了葛翠琳幼儿童话鲜明的艺术特色。

著名美学家朱光潜先生说过："一切纯文学都要有诗的特质。"葛翠琳是把幼儿童话当成诗来写的。她的童话总是把美带给小读者，在爱的哺育下，增长智慧，健康成长。

葛翠琳在她的短篇童话集《小花瓣书签儿·写在前面的话》中写道：

我愿从心灵的花圃里，采摘一片片花瓣儿，做成小小的书签，每个小书签上，都有一篇小故事，送给我不曾见过面的小读者，表达我真挚的爱。

愿小花瓣儿书签儿带着快乐、友谊，以及美丽的梦，飞向四面八方……

读了这段话，使我想到，一个儿童文学作家，都应当有一片这样的"心灵的花圃"，他以自己的心血哺育这里的花朵，从而把最美的花瓣儿送给小读者。

童心童趣
诗情画意

从心灵飞向心灵的花瓣儿不会枯萎。

1994 年 4 月　北京

拥抱孩子们的精神世界

——读孙幼军的系列童话《怪老头儿》

十年前，我对孙幼军说："《小布头奇遇记》既是你的处女作，又是你的成名作，还是你的代表作。你真幸运。但今后你怎样超越你自己的这一高峰呢？"

他只淡淡地一笑，没做回答。

十年后，我又读到了他的《怪老头儿》……

一 从"小布头"到"怪老头儿"

回想差不多三十年前读孙幼军的《小布头奇

155

遇记》时，刚读到开头，就使我忍俊不禁，发出孩子般的笑声。那时候，我还不认识这本书的作者，只能猜想他大概是一位蔼然可亲、很会讲故事的老爷爷。及至见到作者才发现，他还年轻，且是一位热情、率真、富于幽默感的人。这一印象我一直保留至今。

虽然幼军曾自谦地说过：《小布头奇遇记》是"一个二十几岁陌生青年幼稚的初作"，但由于他起点高，我们有理由翘首盼望着他不断地有新作问世。

进入新时期以来，他文思畅达，一篇篇新作接连出版，引起了读者的关注。他的《小贝流浪记》《小狗的小房子》《蓝色的舌头》《老皮克和小皮克》《铁头飞侠传》等，都让我们更加清晰地认识了作者。对于我们来说，他已不再"陌生"。我们相信，他一定还可以拿出他更加令人瞩目的作品，跨上他创作的又一个高峰。

我像当年读《小布头奇遇记》似的，又欣喜地读到了他的系列童话《怪老头儿》。我认为这

拥抱孩子们的
精神世界

部系列童话是幼军进入新时期以来的重要代表作。它既保留了作者创作初期的某些艺术特色，又有许多新的发展，构成了孙幼军童话创作重想象、富活趣、晓畅明净、不事雕琢的特点。我认为，正像研究孙幼军的童话创作，不能不研究他的《小布头奇遇记》一样，也不能不研究他的《怪老头儿》。

幼军以满腔的爱哺育着新一代的成长。他更加明确地把少年儿童生活的天地与社会的大环境联系在一起，他关注着社会现实对新一代的各种影响，尤其注意着不良环境对他们的困扰。《怪老头儿》中的赵新新，集中概括了这一时期少年人的性格特征，以及他们的追求、苦闷与困惑。

从赵新新身上，我们可以形象地了解到我们在教育（包括家庭教育）上还存在着一些不尽如人意的地方以及教育实施上的失误，因此，才引发出了赵新新与怪老头儿的那些不同寻常的际遇。

正是由于作者对现实生活的关切，所以这部系列童话的背景是相当广阔而真实的。作者所创造的不再是单一的童话环境，他将现实与幻想相结合，给我们亦真亦幻、亦实亦虚、迷离惝恍的感受，使我们在艺术享受中，不知不觉地感受到了作者对生活的评判。

在这部系列童话中，作者无意淡化思想，也绝不去图解某些政治概念和具体的方针政策（这在《小布头奇遇记》的个别章节中还有所表

拥抱孩子们的
精神世界

现）。作者把自己"隐蔽"在鲜明的形象和有趣的情节后面，通过那一幕幕喜剧的场面，让我们感悟到一种思想。

在这部系列童话中，作者的视野是相当开阔的。读《怪老头儿》的故事，常常是始于现实生活，进而引入幻想世界，最后又升华到一个崭新的境界。这中间的过渡是如此自然，常在不知不觉之中。

如果考察一下幼军近十年的创作轨迹，题材的不断拓宽，可以看作是他童话创作的一个新的特点。也许正是由于他这部系列童话是写给少年看的，所以他也"不自觉地写进了一些成人的问题"。其实，这"成人的问题"与儿童的生活有着千丝万缕的联系，由于"孩子们在现实生活中感受到的不公正对待"，它带给少年儿童的可能是成人意想不到的苦闷、忧虑。

在《怪老头儿》中，就写了不少"成人的问题"。但是，这些"成人的问题"只是童话创作的一个契机，或是引发矛盾的一个缘由，而并非童话本身。

在《怪老头儿》中所表现的"成人的问题"，一言以蔽之，就是我们面临的如何理解儿童，尊重儿童，如何正确地引导他们发展个性。我们在这些方面还常常会有某些失误。赵新新之所以把怪老头儿看作是"我最要好的朋友"，正是由于他找到了一个理解他、他又可以信赖的

拥抱孩子们的
精神世界

人。怪老头儿那些既奇且怪，甚至惊世骇俗的故事，实在是赵新新这些少年们最好的宣泄形式。

怪老头儿这一形象当然是幻想中的创造。但是，童话中的幻想都应当被看作是孩子们精神生活的一种折射。如果说《小布头奇遇记》中的幻想，主要是为了表现幼儿认识世界、学会生活的美好愿望，那么，《怪老头儿》中的幻想所蕴含的内容就丰富得多。作者在近几年的童话创作中，很想"让形式上也适合中学生"。表现在这部系列童话中的幻想，则着眼于少年人整个纷繁的精神世界。幻想变得不那么单一了，它满足了少年人多方面的精神需求。从这部系列童话中，我们可以看出，有的故事着力表现的是对被压抑的个性的一种释放（如《我的代表》），有的是对少年人创造才能的一种满足（如《炸糕和滑翔机》），有的则是对古老民俗传说的一种介绍（如《门神》上篇），有的干脆就是讲几段奇闻笑话，给读者一些愉悦（如《海外异国志》）。总之，从这些童话的幻想中，我们再不能轻而易举地找到一种单一的思维定势和寓意。在这部系列童话中，幻想不仅仅是表达某种观念的手段和方法，它更是儿童文学不可或缺的审美目的。我觉得幼军童话创作的天地更加广阔丰富了；在这片天地中，他的思想更加犀利矫健，感情表现得更加酣畅充盈，他的笔挥洒得更加自由淋漓了。

作为一个在童话创作上已取得可喜成绩的作

拥抱孩子们的
精神世界

家，必然有鲜明的艺术个性。虽然在《小布头奇遇记》中，作者的艺术风格就已有较鲜明的表现，且在这以后的一系列低幼童话中又有所发展，如取材上的生活化、细节上的趣味性、语言上的浅显晓畅以及浓郁的抒情性，等等。但是，这部《怪老头儿》由于是写给少年人看的，加之作者的创作心境似乎更加明快爽朗，幼军个性气质中的热情、旷达、直率、幽默均在《怪老头儿》中得到了充分的体现。读这部童话的时候，常常使我不自觉地联想到作者的音容笑貌，那种活泼聪颖的心智，畅快淋漓的谈吐，似乎都融进了他所创造的人物形象之中了。

总之，当我一篇篇地阅读《怪老头儿》这部

系列童话时，我总有一种既熟悉又新鲜的感觉。他幻想的那种超拔奇特，描写的简洁传神，语言的轻灵活脱，都使我这样认为：幼军的《怪老头儿》是他继《小布头奇遇记》之后的又一个创作高峰。在这部童话作品中，作者通过他多年的艺术实践，找到了属于他自己的天地，也使我们看到了一个焕发着新的艺术生命的童话作家。

二 怪老头儿，一个新奇 而亲切的老小孩儿

我读《怪老头儿》的时候，

拥抱孩子们的
精神世界

常有如下的感受：情感上的惬意，心智上的启迪，审美上的愉悦。这多方面的感受，我认为是与怪老头儿这一独特的形象分不开的。

我是这样看怪老头儿的，他不是救世主，不是超人，甚至也谈不上是一个学习的楷模。

怪老头儿是少年儿童幻想中的朋友，他带给他们的是快乐。这快乐是多方面的，苦闷中的慰藉，进取中的助威，寂寞中的调侃，等等。

怪老头儿是一个令人着迷的人物。我对这个人物的评判，很难依据某种道德的律令，也很难依据某种公认的是非观念，甚至都很难用孩子们常常用到的"好人""坏人"的标准。因为这一切都不容易给怪老头儿下一个恰切的鉴定。

我只能说，当我接受了这一人物形象时，我和许多小读者一样，在情感上感受到了快意和满足。这是由于怪老头儿像一个孩子似的热爱无拘无束的生活，他是那样理解孩子们自由发展的天性。每当他得知少年赵新新遇到困难时，总是挺身而出，给予帮助，比如赵新新想摆脱爸爸妈妈的看管，"把想找个'代表'的想法"告诉了怪老头儿，他果然"把手里的纸卷儿一抖，屋子里顿时多出个人来"。怪老头儿对这个"代表"说："你的任务只有一个，就是替赵新新坐在屋里看书，让他高高兴兴在外头玩儿。"这种做法当然不符合某种教育的准则，而且到头来还惹出了难题，但它却满足了孩子想摆脱过多羁绊的天

拥抱孩子们的
精神世界

性，逃离开诸如《报考初中 1000 题》和"上重点中学"的束缚。那篇《爸爸就是爸爸》在"我"挨了爸爸一顿不明不白的打骂以后，想到的是"我不去找怪老头儿诉诉苦，我准得死"，随后，怪老头儿依照"我"的心愿，把"我"爸爸小时候的照片泡在一种神奇的水里，于是"一个骑着仨轱辘自行车的孩子"出现了，这个"小爸爸"很胆怯，对"我"处处小心，使"我""感受到了报复的快乐"。

怪老头儿并不是一个完美无缺的人，他也有凡夫俗子常有的缺点和弱点，比如在帮助赵新新的同时，常流露出虚荣心，有时又有些莽撞，造成过失误；还喜欢恶作剧，争强好胜，耍小聪明，贪小便宜，不讲卫生，等等，几乎孩子身上常见的缺点，在他身上都能找到。但正因为如此，他才是孩子们可以亲近的人。更由于他对赵新新最理解，和他最要好，他无论遇到什么困难，"我都得想办法给办成"，甚至对赵新新的老师也热心帮助，知道他住房"稍微窄了点儿"，就给他"张罗一套"，还说，只要他"不嫌弃"，"这座小房子就归您了"。读到这些有趣的情节，谁不为怪老头儿助人为乐、施而不费感到快慰呢，谁还会斤斤计较他那些缺点呢？

他是孩子们真正的朋友，这是因为他真正理解孩子们天性中最深层的那部分——需要自由地发展个性和快乐。怪老头儿的性格和孩子们一拍

拥抱孩子们的
精神世界

即合。他与少年赵新新之间的友谊，很难用通常的教育规范中尽人皆知的准绳去衡量，他给予赵新新的理解和帮助，正是学校与家庭最易忽视而又是少年人最需要的。他们和这位老爷爷在一起的时候，似乎不必时刻理性地提醒自己该向他学习什么，他只需自由地向他倾诉心中最想说的话，因为怪老头儿可以使他们快乐，能满足他们的渴望，能填补他们心灵中最寂寞贫乏的那个角落。

怪老头儿能给予孩子们的还不仅仅是这种最富人情味的关怀。情感上的快意与满足自然是需要的，成长中的一代，在心智上还需要启迪，而这，怪老头儿在风趣的谈笑之间也满足了他们。

怪老头儿是一个见多识广、阅历丰富的老人。当赵新新要参加滑翔机比赛，"想做一架更好的滑翔机"时，引出了怪老头儿的"我的爷爷的爷爷的爷爷的爷爷……"经历过的"云里峰""飞天树"的故事。用"飞天树"的木料做成了滑翔机，最后"创造了新的世界纪录，这个新纪录超过原世界纪录 6 小时 39 分 54 秒 2"（《炸糕与滑翔机》）。

少年的幻想与幼儿的幻想相比，也许更加丰富怪异。但这些五花八门的幻想，都可看作是他们生活的某些补充和活跃创造力的一种释放形式。像《鼻子·耳朵》中，怪老头儿可以把自己的耳朵放在家里，监听小偷是不是去撬锁了；还

拥抱孩子们的
精神世界

可以帮助赵新新放心大胆地去钓鱼，因为可以帮助他"把耳朵留在书桌里一只……钓鱼学习两不误"；又如当赵新新受到小流氓的威胁时，怪老头儿"只用指头在我手心里点一下"，"我"就有了魔法，只要用手一碰小流氓们的鼻子，那鼻子就能像"熟透了的杏儿似的"掉下来了。类似这样有趣的细节，在这部系列童话中可以说比比

皆是。怪老头儿足智多谋，每当赵新新陷入困境时，只需他施谋用智，就可使他转危为安。怪老头儿的这些特点启迪着孩子们富有创造性的想象力，很能满足他们心智发育的需要，激发着他们的求索精神，因而这个"聪明的老头儿"很招人喜欢。

怪老头儿还是一个很会讲俏皮话和笑话的老头儿，他富于幽默感，他通晓古今、无所不知的样子，有时还真能讲出些意想不到的新鲜事儿。那篇《门神》，通过怪老头儿把两位门神"神茶""郁垒"的传说介绍了出来，还把他们引到我们的现实世界中来，和怪老头儿觥筹交错，宴饮一番。那篇《海外异国志》更是透着离

拥抱孩子们的
精神世界

奇荒诞，出人意料，诸如"大耳朵国""四面国""老头儿国"中的奇闻轶事，风土人情，让人读了瞠目结舌。前者通过民俗，讲了一个古老的传说，后者真可谓"谬悠之说，荒唐之言"。但这个"聪明的老头儿"，由于"学问大，什么都知道"，靠了许许多多神乎其神的笑话赢得了少年朋友的亲近和喜爱。对比一下，尽管蔡老师也能查阅古籍，引经据典，但孩子们还是更喜欢怪老头儿绘声绘色的"神侃"。

怪老头儿这一典型形象，是十分贴近孩子的心理特点的，在心灵上他们相通，在性格上他们相投，在情趣上他们相近。因此，怪老头儿虽然是一位上了年纪的老爷爷，但他睿智却不失童心，世故却不失单纯，老练却不失天真，他实在是一个"老小孩"。

贯穿于怪老头儿整个性格中的是他对于孩子的爱。这种爱不是表现在物质生活上对儿童的娇宠（他是一个"穷老头儿"），而是表现在他对于赵新新这一代人精神世界的关注。他十分尊重他们独立的、进取向上的天性和品格，因而赢得了他们的信任和爱。孩子们在怪老头儿面前，不必戒备，不用掩饰，袒露出来的永远是最真实的"自我"。

从怪老头儿这一典型形象身上，我们也许可以感悟到作者的儿童观。作者十分注重发展儿童的天性，他很理解当今孩子精神生活中的某些苦

拥抱孩子们的
精神世界

闷。孩子们积极健康的某些天性还没得到应有的尊重，某些教育的模式和生活的准则即使出于良好的动机，却常常不自觉地变成一种束缚，对此，赵新新们多有微辞。正是基于这种认识，作者在生活中发现，经过艺术构思，塑造了怪老头儿这一成功的典型人物，他给孩子们送去了理解和快乐。

孙幼军曾经说过："要写出带有童话色彩的人物形象。"《怪老头儿》中人物活动的舞台，虽然是以现实生活为背景，但怪老头儿这个人物仍是一个有童话色彩的人物。可以这样说，是孩子们强烈的愿望促使作者塑造了怪老头儿这个人物；他本是孩子们幻想中的人物，他又激发了孩子们的幻想。

三 《怪老头儿》的艺术风格

独特鲜明的艺术风格是作家成熟的表现。我读《怪老头儿》，较之以前读幼军诸多的童话作品，常有一种新的感受和发现，一边读，我常情不自禁地联想到作者独特的创作个性。

古人在探讨作品的艺术风格时，总是强调作家的才能、气质、学识、习性等方面。

《怪老头儿》与作者以前发表的众多的童话相比较，可说是艺术风格更加鲜明，这就是搞笑风趣、离奇怪异、通俗浅易的艺术特色。

拥抱孩子们的
精神世界

　　"文如其人"，幼军是一个富于幽默感的人。我和他在一起的时候，情愿默默地听他那汪洋恣肆的谈笑。听他讲笑话常让我开怀大笑，读他的《怪老头儿》又可说是一种艺术享受了。

　　在这部系列童话中，你从每一篇中都能读到诙谐的细节描写和对话。有的是一种善意的揶揄，有的是犀利的嘲讽；有时，诙谐并非都是喜剧性的，还可以让我们感受到另一种情调，例如《爸爸就是爸爸》的开头，同学们在一起议论彼此的爸爸，得出共同的特点："第一是不讲理，第二是爱动手打人。"当同学们问到"光是傻听着"的赵新新"你爸怎么样"时，他只能回答"还凑合"。同学们对这种含糊其辞的回答当然不满意，于是赵新新说："不凑合怎么办？你们不是也凑合着吗？"这些表情和对话是引人发笑的，但笑过之后，我们又会感受到他们无可奈何的一种深沉的悲哀。其中当然也潜藏着一种抵触情绪。

孙幼军曾经说过，幽默诙谐"有利于培养孩子乐观开朗的性格"，还说"乐观的人，在很困难的情况下仍然能应付"。怪老头儿就是一个乐观的人，因此他帮助赵新新"应付"了很多"困难"。作者通过这一人物，给孩子们带去了许多快乐，使他们从小就成为"乐观的人"，从而能战胜生活中的许许多多困难。

《怪老头儿》之所以引人入胜，除了上述弥

拥抱孩子们的
精神世界

漫于作品中的快乐的氛围外，还有幻想的离奇怪异。几乎每一篇都围绕着一个奇特的幻想故事，展开无数的趣味丰盛的细节，如让小鸟飞进肚子里帮助驱虫，湖里能钓上来咸带鱼，鼻子耳朵可以摘下来，就像让人有了分身术。还有几千年前的门神，忽然来到我们当今的世界，不但闹了许多笑话，他们也受到了世俗的不良影响。至于那篇《变耗子始末记》，我读完了以后，只能以"亏他想得出"的慨叹来表示我眼花缭乱、迷离恍惚的奇异感受。

这些诡怪的情节都是以现实生活为背景展开的。它源于孩子们强烈的愿望和丰富的想象力，但又比现实生活有更多的奇姿异态；它就像现实的投影一样,在生活的大漠上出现了重重叠叠的海市蜃楼。正如孙幼军说过的,童话中的幻想,是孩子们"对于现实生活的理解以及他们的愿望的再现"。怪老头儿靠了他神奇的力量所创造的怪诞情节和建造的幻境,不正是孩子们某些"愿望的再现"吗!

《怪老头儿》中那些离奇怪异的幻想,几乎都是赵新新绝处逢生、化险为夷的故事。赵新新所代表的同龄人在生活中遇到的不快和挫折,也是通过这些幻想故事找到了一种精神的慰藉。正是由于这些幻想有现实生活作为腾飞的基地,因而它才显得"合情合理",才显得新颖、巧妙、独特,另具一种美学价值。

拥抱孩子们的
精神世界

读《怪老头儿》还使我感到亲切。它使我想起小时候听"老北京"们讲《山海经》。我曾经这样说过,《怪老头儿》堪称一部"京味童话"。我不知道我这一说法能否被广大读者和作者认同。我作为一个"老北京",的的确确从中感受到了这古老京城的环境特色和文化氛围。

俚俗作为一种通俗浅易的艺术风格,首先表现在选材上具有鲜明的世俗性、现实性;它多取材于凡人小事,街谈巷议,与民众百姓的生活密切相关。怪老头儿和赵新新作为最普通的平民百姓,生活在最普通、最大众化的社会环境当中,作品对这部分人物的心态、喜怒哀乐都有极精彩的描绘,尤其对城市生活中世俗的一面和现存的弊端，正如俗话所说的"搂草打兔子"，好像于不经意中，就给予暴露和针砭，这也给读者带来了快意。

通俗浅易的艺术风格还表现在语言方面。《怪老头儿》多用俚俗语言，以通俗朴素、率直明快的口语为主，兼而选用了一些北京的方言土语以及谚语、俗语、俏皮话，读来给人一种新鲜活泼、泼辣晓畅的感觉。

《怪老头儿》中的俚语俗言，绝非粗疏草率的语言。作者对那些有生命力的口头语言进行了精心的筛选和提炼，一扫矫饰和雕琢，这是一种由雅返俗的语言。这种语言风格，不但是塑造人物形象的需要，也可说是作者袒露性情、快人快

拥抱孩子们的
精神世界

语的个性表现。

通俗浅易的语言风格，在孙幼军早期的童话创作中就已形成，我想这与他重视给孩子讲故事有关。他曾经这样说过："最好写完童话先找孩子给他念一下。"他还说过："童话语言浅显易懂并不说明作者水平低。"我是很赞同他这一艺术主张的。

作家总是依照自己的个性、气质、才情和愿望进行创作的，所谓"各师成心，其异如面"，就说明了作家艺术风格形成的原因和表现的差异。

《怪老头儿》的艺术风格显示了作者的艺术追求和审美观，这就是：热情拥抱孩子们的精神世界，发展他们自由幻想的天性，给他们更多的爱与美，使他们更加快乐。

　　读完了孙幼军这部系列童话《怪老头儿》，引发了我上述的一些思考。

　　这思考并未终结，它就像一条永不止息的小河继续向前奔流着，前面还会发现新的天地。

　　我自然而然地又问起孙幼军："《怪老头儿》之后，将有什么新奇的故事？"

　　他还是淡淡地一笑，没做回答。

　　但这次，我似乎理解他微笑的含义了……

1990 年 8 月 24 日晨改毕

拥抱孩子们的
精神世界

作品精选

怪老头儿（节选）

孙幼军

我们班上男同学，说自己爸爸好的没几个。特别是我那几个哥们儿，到一起讲起爸爸，都觉着泄气。他们给爸爸概括出两条儿：第一是不讲理；第二是爱动手打人。

我爸爸一样，也是这两条儿。可是我的哥们儿叽里呱啦议论起这个，我不吭声儿。一来我不愿意说我爸坏话，二来我也不想让哥们儿知道我常挨揍。再者说，讲了又有什么用？你发一通牢骚，回头他就不揍你了？

这么着，就有哥们儿问我：

"哎，新新，你爸怎么样？"

我知道我光是傻听着，就有这么一问，所以早准备好了。我回答：

"还凑合。"

"什么叫'还凑合'呀！"他们当然不满意。

不凑合怎么办？你们不是也凑合着吗？

可是我没言语。

拥抱孩子们的
精神世界

童真的自我回归

——读白冰的《吃黑夜的大象》

读了白冰的童话新作《吃黑夜的大象》，那喜悦之情甚至让我一时忘记了他作为出版家所取得的业绩。近几年，作为出版家的白冰，多少有些掩盖了作为儿童文学作家的白冰。说实话，我曾暗自为此感到惋惜。记得十多年前，我在一篇评论白冰的儿童诗的短文中这样写道：他"常常乘着一颗飞翔的童心来到孩子中间，以平等的态度、亲切的语言，有时又以诙谐的口吻、善意的揶揄，表现出他们天真幼稚的种种情态，以及他们的欢乐和苦闷"。现在，他又乘着那颗"飞翔

189

童真的
自我回归

的童心"飞进幼儿的童话王国，为他们编织着更为有趣的故事。

幼儿的心灵世界是丰富多彩的，很值得我们探幽寻胜。他们爱幻想，趋新奇。因此，为他们创作童话必须有一个有趣的故事。白冰的这十几篇童话，可说是想象与游戏精神的自然融合。那篇《吃黑夜的大象》，当然让人想到幼儿害怕黑夜的心理，但更吸引人的是由此引发的有趣的故事。大象帮助黑蘑菇森林的动物们吃掉了黑夜，但也给它们带来了一系列的麻烦。那篇《想变人的小狐狸》，说的是魔树爷爷教会了小狐狸变人的咒语，因为只有变成了人，才能和幼儿园的小朋友一起唱歌游戏。即使不得不恢复狐狸的原形，但它已得到了小朋友纯真的爱。

幻想，对孩子来说，是美的，是有诱惑力的，对于作家来说，艺术地表现这些幻想，是更美的，更有诱惑力的，因为作家在他的幻想故事背后，蕴涵着情感、智慧与思想。这些都是童话最根本的东西。那头帮助小动物吃掉黑夜的大象，那些保护小狐狸不受伤害的孩子，所表达的是相互的关怀和人与人之间的平等观念，这些都是幼儿文学所要具备的优秀品质。读白冰的童话故事，好像掬饮着鲜活的生命之水，享受着纯净、新奇和喜悦。

童话一旦缺乏幻想，便是放弃了童话本身。白冰深知此中三昧，所以他必须将一个幻想故事

191

在心中打磨得通体流畅时，才会诉诸笔端。因此，他的童话故事，除了准确地把握住年龄特征、心理特征和审美趣味以外，还总是把一个有趣、新颖的故事表达得流利匀称，温婉可爱。我很喜欢他那篇精短的《瓶子里的音符》，这是一篇透明的童话，如一滴露水，如一缕月光，如几颗叮当作响的珠子。如果说《瓶子里的音符》借助了诗的意象，简洁地表达了分享快乐的主题，那么《尼尼的秘密》就纯然是一篇浸透着幻想色彩的动画故事了。尼尼的魔术镜框，寄托着她的幻想、愿望和秘密。她走进不断变化着的魔术镜框，走进冬天，走进飞船和星球。这个镜框就是尼尼不断追求、不断扩大的世界。这些故事的情境，有的幽邃隐秘，有的文情热闹，有的纯真稚美。不论哪一种类型，作者都在营造故事情节的同时，特别重视故事中所蕴涵的情感，这是保证作品持久性必不可少的因素。诗情与意境在幼儿童话中同样需要。从中我也读出了作者与他的小读者那种知心人的情愫，作品也因此对于小读者有一种长久的亲和力。

为幼儿写作，语言同样重要，并有着特殊的要求，这就是把有趣的内容以浅易的语言表达出来，叙述上讲究节制，结构上讲究条理，语言上要求明晰，更不可枝蔓无度。白冰十分清楚给幼儿写作的语言要求。他的语言，干净、利落，多用白描，多用短句。即使是开头的几句，他也是

童真的
自我回归

费了一番推敲的功夫，常常是幽静如流水，不紧不慢，娓娓道来，把一个有趣的故事自然地传达给小读者。他还喜欢在故事中间缀饰上一首铿锵流利的儿歌，既是故事发展的需要，又是行文上的变化，流贯于故事中的是亲切的语言和美听的歌唱。

我常常与白冰谈起为儿童的写作，每逢此时，他总是表现得异常兴奋。听他讲起正在构思的故事，常常是娓娓忘倦，欣展喜悦。我又暗暗为他高兴，在他心中仍蓬勃着为孩子写作的热情。今天又读到他的童话新作，那种返璞归真，那种坦诚率真，都让我看到了作者童真的自我回归。

吃黑夜的大象（节选）

白　冰

一到天黑，黑蘑菇森林里就会传出哭声。

小熊多多把头扎在妈妈的怀里哭，一边哭一边说："呜呜，我怕，我怕……"

小猴淘淘拉着猴妈妈的手哭："呜呜，太黑了，好怕，好怕……"

小刺猬扎扎不许刺猬妈妈离开一步，他缩成一个圆球，躲在墙角里大声哭："好黑，好黑，我怕，我怕……"

这可怎么办呢？妈妈们急得不行。

童真的
自我回归

这时候，森林里来了一头名叫啊呜的大象。他很怪，不吃香蕉，也不吃树叶，只吃黑夜。一到夜晚，他就高兴了，因为到了那个时候，到处都是他的食物。他张开大嘴，啊呜一口，啊呜一口，吃呀吃呀，吃得可香了。

这天晚上，小熊多多正在哭鼻子，大象啊呜来到了小熊多多家。

小熊多多的妈妈说："啊呜，快来帮帮忙吧！"

大象啊呜说："别哭了，别哭了，看我一口把黑夜吃了。"说完，他啊呜一口，小熊多多家的黑夜不见了。关上灯，房间里马上亮得像白天一样。

小熊多多不哭了，在地上跳来跳去，玩了起来。

大象啊呜又来到了小猴淘淘家，因为他听到小猴淘淘的哭声。

大象啊呜说："别哭了，别哭了，看我一口把黑夜吞下肚。"他张开大嘴，啊呜一口，果然，小猴淘淘家亮了起来，连墙壁上芝麻大的一个小黑点都看得清清楚楚。

小猴淘淘马上不哭了，在地上跳来跳去："啊，太好了，太好了，不黑了！"

大象啊呜又来到了小刺猬扎扎家，把扎扎家的黑夜也吃了。扎扎也不哭了，跑出去，找到了小熊多多、小猴淘淘，他们在一起又跳又笑。

童真的
自我回归

走进纯真　走进丰富

——读保冬妮《一年级的小豆包》

我不得不承认自己的健忘。我记忆中刚上小学的情景早已变得模模糊糊了。最近我读了保冬妮的儿童小说《一年级的小豆包》，忽然有了"返老还童"的感觉。这感觉给我的生命注入了鲜活、快乐和纯真。

这本小说的主人公叫佟妞妞，这是一个个性鲜明的小女孩。故事表现了她初入小学所发生的趣事。作者的笔触轻快、活泼，那语气就像一个小女孩真诚地向你袒露她的真实故事。

读了这部小说，除了让我重温到旧时的民俗

风情，最让我感动的还是，孩子的感情世界引发了我的理性思考。

在妞妞的身上，充分地显露了儿童的天性，她天真、单纯，富于想象力、创造力。小说的开篇，就生动地表现了妞妞的机敏、勇敢。当二年级的学生喊他们"一年级的'小豆包'！一打一蹦高！"时，她立刻回敬他们"二年级的'大馒头'！一戳一个洞！"。这一生动的细节表明了妞妞是一个泼辣、机智的小女孩。根据妞妞的性格基调，接下来真实、合理地展开了一系列有趣的情节。给我印象颇深的就是妞妞"自愿报名"当班长的故事。这一细节，充分地显示了妞妞的大胆、率真性格。

199

全书类似这样的情节很多，在"妞妞跳自己的舞"一节，可说是把她的性格表现得淋漓尽致。她不但敢于拉上小伙伴去街头"献艺"，而且敢于在没有观众的情况下另辟蹊径，直奔杨大爷杨大妈家演出。不仅如此，她更敢在正式演出的舞台上"现场发挥"，跳了"一段花瓣儿独舞"。这一情节不但让读者忍俊不禁，而且会引发对于这样一个有着健康心理的小女孩由衷的赞赏。

阅读这本不厚的小书，花费的时间并不多，得到的阅读快感却是持久的，哪怕是写到妞妞因为逃学而被打屁股，甚至写到二姨姥姥的死，都会让我感受到妞妞的世界是奇特的、新颖的，对于我来说，它有些陌生，但在记忆的深处，又似曾相识，因而感到亲切，亲切到希望真的有这么一个妞妞，我甚至想，这"妞妞"就是冬妮，这是一本"自传体小说"吧！

如果说这本小说有成功的秘诀，这就是真实——真实的记忆，真实的感受，真实的写作。真实地表现儿童的行为、心理、快乐与悲伤，就会充满幽默的情趣，就会感人至深。

小说中有这样一句话，"做妈妈的也弄不清孩子的想法"。的确，我们和孩子之间的距离拉大了，因为我们毕竟不再是孩子了。但我们曾经是孩子，关键是我们心中是否还保留着那个"孩子"。瑞典著名儿童文学家林格伦说："亏得我

走进纯真
走进丰富

心灵中活着一个童年的我自己，我才能为孩子写作到现在。"德国著名儿童文学家凯斯特纳说："只有那些已经长大，但却仍然保持了童心的人，才是真正的人。"这两位安徒生奖获得者的话，道出了一个真理，童年的记忆是儿童文学作家心灵中的宝库。冬妮之所以把妞妞的故事写得如此生动、"好玩儿"，是因为她心中有一个像"妞妞"一样的"自己"，她不断地重温这个"自己"，以至于她对"自己"又有了不少新的发现和新的认识。于是，在她的笔下就诞生了一个"妞妞"。

《一年级的小豆包》写的是一群刚上小学的孩子在第一学期里的故事，时间尽管不长，但对

走进纯真
走进丰富

203

于这些孩子来说，犹如从家庭走入社会。生活的变化促进了他们的思考，而孩子们的这些新的意识，无不是现实生活的反映，比如妞妞说的"学校是大人的，不是孩子的"，在天真幼稚的表述背后，不是有许多值得"大人"思考的问题吗！

真的，小孩子有一个大世界。我们要进一步了解这个大世界，走进纯真，走进丰富。

作品精选

一年级的小豆包（节选）

保冬妮

三个背着书包的男孩儿，从另一个小胡同蹿

了出来，他们又说又笑地跟在妞妞她们的背后，猛地一齐大叫：

"一年级的'小豆包'！一打一蹦高！"

"一年级的'小豆包'！一打一蹦高！"

哎哟，耳朵都被他们震得嗡嗡响。

什么意思吗，一年级，干吗是小豆包儿，而不是什么别的呀？

妞妞回过头看他们，越看他们，他们越得意，声音更大了，并且还挤眉弄眼，真气人。

"甭理他们，妞妞。他们刚上二年级，就不知天高地厚了。我们快到学校了，他们就不敢了。"小英姐拉着妞妞的手快走起来。

谁知，妞妞走得越快，二年级的那帮男生叫

205

得越凶,他们好像很开心似的边叫边笑。这句话,真的那么让他们发笑吗? 一年级是小豆包,二年级该是什么? 再说了,今天是妞妞上学的第一天,妞妞该高兴才是。他们干吗那么讥笑我们呢? 就这样欢迎我们吗? 妞妞觉得不应该。

小英姐也忍不下去了,她瞪起好看的大眼睛,回头狠狠地吓唬道:

"再跟着我们,我就不客气了!"

"对! 二年级的'大馒头'! 一戳一个洞!"妞妞有小英姐姐撑腰,也厉害起来。

没想到,妞妞和小英姐的这两句话一出口,三个小男生真的站住脚,不敢跟屁虫儿似的在她们身后叫了。

小巴掌越拍越响

——贺张秋生《小巴掌童话》

四十年前，和张秋生先生神交于儿童诗坛。读他的诗，总像走进一个充满笑声、充满歌声的童话世界。后来，又读到他的童话，又像走进一个充满温情与哲思的诗园。他融合了诗歌和童话，诗中有童话，童话中有诗，构成了他诗歌与童话的艺术特色。

在我的印象中，秋生大约在 20 世纪 80 年代中期开始了较多的童话创作。他的童话出手不凡，以它的短小、凝练、抒情、哲思，吸引着众多的读者。

他为他的这些童话，取了一个很别致的名字：《小巴掌童话》。

他是一个在文体上很注重求新求变的作家。文体的变化和创新，实际上也是作家超越自我的一种表现。

我读《小巴掌童话》，一开始就有一种亲近感。这固然是因为在过去我就很熟悉秋生的儿童诗，但更重要的原因，是由于他创造了一种独特的童话样式。这种短小精微的《小巴掌童话》，其本质是诗的。

秋生的《小巴掌童话》，得力于他的儿童诗创作，甚至可以这样说，没有他的儿童诗创作，也就没有他后来的《小巴掌童话》。

我十分笃信作家有什么样的气质、学养和赖以生存的环境，他就会写出什么样风格的作品，这是一把探讨秋生儿童诗和童话创作的钥匙。

秋生温和、真诚，有爱心，有善心。他走到哪里，你都能看到他高大的身影。但是，他永远都是静悄悄的，接近他，就像接近一座很幽静的山。山中有树，有流泉飞瀑，有鸟语花香，唯独这山不喧哗，不嘈杂，永远安安静静的。

秋生是一个喜欢细细咀嚼自己的感觉的人。

我很少听到他大声讲话。他甚至很少谈自己的创作。他就像"躲在树上的雨"（此处我借用了他一篇童话的篇名）。只有当"小熊"去摇动树枝的时候，雨才落下来，"小鼹鼠"会得到很多快乐。

秋生把快乐藏在心里，只等着小读者来弹拨他的心弦，他才把心中的快乐变成诗，变成童话，送给孩子们。

小巴掌童话永远是快乐的。秋生以快乐的诗人的身份走进诗园，然后又走进童话王国。走进童话王国以后，他没有丢掉诗人的气质。他还是一个诗人。

他用诗的思维写童话。

他的童话是"唱"出来的，不是"讲"出来的。

他在极力浓缩他的情节，让它短小、凝练、精微。这一切都是诗的。即使是他那篇算得上是较长的童话《九十九年烦恼和一年快乐》，他讲述故事的方式也是诗的。他选择了那个最激动人心的时刻，作为整个故事的高潮，老犀牛在浣熊的帮助下，终于得到了井然有序的生活，哪怕只活了一年，他也是"含笑离开了这个世界"。

他的《小巴掌童话》，充盈着一种生命情调。我读他的童话，实际上是沉浸在一种感受中，感受着他的"小童话"的"大氛围"，那是灵魂受到抚慰的感受。

他的《小巴掌童话》，十分注重构思的完整和新巧。他不被情节牵着走。他十分懂得节制。他没有因为童话讲究幻想，讲究曲折，就放任故事情节的汗漫无序。相反，他的艺术构思，永远围绕着爱与美，围绕着一种可贵的智慧的思辨。

还有，就是他的童话中所特有的、属于他个人的那种语感。这语感，是语言的特色所构成的，这就是散文美。

他的《小巴掌童话》所表现的散文美，既是内容的，又是形式的。首先是内容的奇思妙想，然后是与之相和谐的语言。请你读一读《蝴蝶在读香喷喷的报纸》：

清晨，一只花蝴蝶停在窗前的月季花上。

她停了好久好久。

弟弟说："小蝴蝶是在读一张香喷喷的报纸！"

小巴掌
越拍越响

　　我说："报纸上说的是什么呢？"

　　弟弟说："大概是个非常有趣的童话。"

　　我说："童话里说的是什么呢？"

　　弟弟说："对不起，我不认识她们的字！"

　　我无法复述它的情节，因为任何复述都无法传达那种韵味，那种单纯到透明的叙述方式和语感。

　　《小巴掌童话》的情节和想象，不是照搬孩子的，也绝不是纯乎成年人的。它是童心与智慧的融合，然后用十分洗练的语言表达出来。这是高品位的巧智。读后，给我长久的快乐。快乐得让你惊异，让你永远不会忘记。那是一种唤醒了人生体验的快乐。

《小巴掌童话》是短小的，但它引起的思考是绵长的。

每当我读完一篇小巴掌童话，陷入深深的沉思中时，我常常感觉到小巴掌在我身后，轻轻地拍了一下我的肩膀。我回过头来，看见了那个可爱的童话小精灵。

我很高兴，它很高兴，孩子们也很高兴。

小巴掌是越拍越响了。

1998 年 4 月 19 日　北京

小巴掌
越拍越响

回归童年　捕捉情趣
——《颠倒城里的老鼠纪念碑》序

据我所知，戴振宇写作快三十年了。一开始，他写"成人文学"，写了十多年，又改写儿童文学，而且坚持到今天。

从儿童文学"跳槽"搞"成人文学"的不少，相反的情况，不多见。为什么？各人有各人的缘由。不能说儿童文学是写给孩子的，就幼稚，就简单。儿童文学还真不是谁想写就能写好的。我就听著名作家说过，给孩子写东西，不容易，是另一股劲儿。

我相信俄国评论家别林斯基说过的话："儿

217

童文学家是生就的，不是造就的。"

戴振宇从 1987 年开始主攻儿童文学，也许他发现了自己有从事儿童文学创作的禀赋，也许他已经感受到了从事儿童文学创作的快乐。

是的，为孩子写作需要那种全身心回归童年的感觉。

能自然而然地走进儿童的心灵世界，敏锐地体察他们的年龄特征和心理特征；对于儿童的喜怒哀乐感同身受；善于讲故事，善于捕捉情趣，有幽默感；等等。

戴振宇通过他的写作实践，已经检验过了自己，并且认定了可以为孩子写下去，一直写下去。

童话是他从事儿童文学创作的主要样式，也是小读者比较喜欢的样式。幻想是儿童文学的主要特征，童话尤其需要幻想。谈到童话，最传统的样式是鸟言兽语。戴振宇的童话既突出了幻想这一特点，又为了让幻想更贴近儿童，他把现实生活与幻想境界沟通起来，创造出一个亦真亦幻、亦实亦虚的世界。他的《溜溜蛋儿、花猫和老鼠》可谓人与动物共同上演的一出喜剧。童话中出现的农村孩子喜欢玩的"抛鞋捉蝙蝠"游戏，都是现实生活中存在的。与此相关的民间传统童谣，更是无论老少都耳熟能详。人物、环境以及生活细节，都是以现实生活为依据的。但随着故事的发展，渐渐引入了幻想奇境，花猫与老鼠的斗智，老鼠家族的舞会，显然又是幻想世界发生的故事。就是主人公溜溜蛋儿也是一个半真半幻的人物，一个寻常的孩子却有一个带有蓝色印记的心脏，由此引发出一连串奇特有趣的故事。这种现实与幻境、真实与虚幻相融合的构思，拓宽了童话的表现天地，增强了幻想的真实感。

新时期以来，我们的童话创作有了长足的发展，被称为"热闹派""抒情派"以及"传统派"的童话，都有一些精品佳作问世。这三种"流派"各有所长："热闹派"幻想大胆，情节曲折；"抒情派"追求诗意，语言精致；"传统派"流畅缜密，朴实无华。三者之中，特别是

回归童年
捕捉情趣

"热闹派"童话，风格逐新入时，一时成为创作和阅读的趋骛时尚。戴振宇的童话创作，起步于20世纪80年代中期，受"热闹派"童话影响较明显，注意情节的跌宕，突出幻想的奇特，如《太空历险记》《溜溜蛋儿、花猫和老鼠》等较多的篇什，均属于这一类。他也注意博采众长，如《神奇的歌声》以情感人，叙述细密。有的童话，如《颠倒城里的老鼠纪念碑》，寓抒情于故事，有张有弛，结尾给人以感情上的回味。这说明他的童话创作逐步走入自觉的状态，对各种风格的童话之短长已有所比较和审辨，取长补短，逐步形成自己的风格。

戴振宇曾多年任乡村小学教师，热爱孩子，

理解孩子，尊重孩子，有扎实的生活基础，这成为他从事儿童文学创作的优越条件，加之他创作刻苦，善于思考，因此，他的儿童文学创作，已经取得了可喜的成绩，他的作品受到小读者的欢迎，并多次获奖。

戴振宇曾多次与众多小读者面对面交谈，倾听他们阅读他作品后的感想和希望。孩子们真诚的话语和期盼的目光，永远激励着他写出更多更好的作品。

2003 年 7 月 18 日　北京

回归童年
捕捉情趣

给阎妮的一封信

阎妮：

咱们是鼠年认识的。那一年，你写了一首《鼠年·致老鼠》还获得了优秀奖。我被你天真的想象、精巧的构思和流畅的语言所吸引，我读了好几遍，想了许多。我小时候，和你一样，也是很喜欢小动物的，哪怕是对"人人喊打"的小老鼠，也爱不释手。但是，读过你这首诗以后，我真要掷笔慨叹了，我小时候，怎么就没有写出这样好的诗呢？

从那以后，我成了你的知音。我多次在讲课、发言时，引用过你的这首诗。听众和我一

给简妮的
一封信

样，都夸这首诗，尤其是结尾，写得出人意料，又合情合理。

我常常这样想：小阎妮为什么会写出这首好诗呢？

从此，我开始注意你发表的诗，也阅读过那些你写在日记本里尚未发表的诗。于是，我读到了这样的诗句：

花儿喜欢春——红了！

草儿喜欢春——绿了！

虫儿喜欢春——活了！

我们喜欢春——笑了！

是的，我就是常常看见你笑。我们认识了好几年，我还没见你哭过，甚至也没见你噘过嘴。你的笑，点亮了我的思考，使我豁然开朗。原来你对许许多多事物都那么感兴趣，一颗石子、一片树叶、一朵花、一只小虫，都是你的好朋友。你羡慕人家养的小猫、小兔，你就养了一只喜鹊、一只小老鼠。你常常笑着凝视着它们。

我还记得你和我说过这样一件事：那一年，在春寒料峭之中，你忽然在大地的一个角落里，发现了一丛嫩绿的小草，你像发现了新大陆一样高兴。你采下那一丛绿草，欣喜地跑去送给一个同学看，想让她也分享你的快乐。然而，你得到的却是冷漠的不屑一顾。你在感情上简直是受到

227

了莫大的打击。你怎么也不能理解，经历了一个严寒的冬季，第一株小草出世了，你把它看作是春天的信号、生命的象征，她怎么能对这一株小草如此冷漠呢！过了好几年，你还不无遗憾地说着这件事。我能猜想得到，当初你一定也把你的微笑送给了那一株初春的小草。

阎妮，你的笑是发自内心的。因为你的心很温暖，所以你的笑也很温暖。你把这发自内心的温暖送给了你周围的朋友，于是你发现：

大海和蓝天是好伙伴，

它们永远在一起。

有时，大海飞向蓝天；

有时，蓝天伸入大海。

大海送给蓝天贝壳，

蓝天送给大海云彩。

正因为你把爱送给了它们，所以你才能进一步发现：

海为什么这样蓝？

因为有了蓝天；

天为什么这样蓝？

因为有了大海。

你把你的感情寄托在许许多多美好的事物

常常想起的
朋友

上，你常和星星对话，给布娃娃讲故事，跟好猫咪咪漫游世界（我听说你还写了二十多篇以两只小猫为主人公的"系列小说"），就这样，你把自己的爱，附丽在跃动的形象上、鲜艳的色彩上和悦耳的声音里。你的诗总是把我引进一个活泼泼的、充满生机的世界，启发我去进一步联想，使我得到了许多似乎是诗之外的东西。

　　我还常常这样想，你为什么总是有独特的发现呢？

　　两颗星落进我的眼眶，

　　变成了我明亮的眼睛。

难怪你看到了那么多！你还说：

我走在林荫路上，

忽然下起了金黄色的雨。

你说得真好！你把落叶比作"金黄色的雨"，这是你的发现。在你星星般的眼睛里，落叶不但是"金黄色的雨"，它还被你比作一场"鹅毛大雨"。真怪，要么说"瓢泼大雨"，要么说"鹅毛大雪"，谁见过"金黄色的""鹅毛大雨"呢？你见过。正因为你发现了落叶像鹅毛一样飘逸，又像大雨一样滋润，所以，你才说：

……这场鹅毛大雨呀，

为大地披上纱巾，

为小路涂上胭脂！

你发现的多，想象的也多。你把真情实感寄托在无数看似平凡的事物上，使它们因你的爱而生辉，因你的笑而添彩。

写诗，除了要有独特的发现，还得有艺术的表现，这就需要学习。

今年秋天，我们在分别了两年之后又见面了。你长大了。一见到我，你就喊："学习真累，作业真多！"我也急着问："那还能写诗吗？"你回答得真干脆："写！"可是，你又

233

说，"写诗，越来越难了"。这很好。你进步了。我相信你会知难而进。

我一边翻看着你这两年来写的诗，一边听你说，"我小时候，总觉得写诗很容易"。现在呢？你说："一首好诗不仅仅是要求能够朗朗上口，还要给人以力量和启迪。"我要对你谈的话，你都先于我谈出来了。

你送我一本1984年出版的《阎妮的诗》，你却先告诉我："我感到自己的诗描写景物的太多，往往深度不够。"你还告诉我，今年你要多写一写人的感情，让诗的内容更丰富。聪明的阎妮，你说得真好！你确实长大了。

你虽然长大了，但希望你永远保有一颗童

心。你的诗会越写越好。诗就是爱，诗就是

美——这是你的诗使我想到的。

1987 年 2 月 5 日　北京

给阎妮的
一封信

梦曾经被染绿

——给一位青年诗人的信

××：

当我提笔准备给你写这封信的时候，真不知从何说起。但我可以告诉你，我给你写信的缘由，是最近我从一本少年杂志上又看到了你那首《梦已被染绿》重新发表。重读这首诗，让我想起我们相识的经过。

那是 1981 年初春的一天，我如约去拜访我的一位老领导。见了面，不等我坐定，他就急忙告诉我："今天我给你约了一个爱写诗的小青年，你给指点指点。他一会儿就到。"我一看表，不到半小时，你就该来了。我抓紧时间问问你的现状。我的老领导是一位热心肠的人，他对你的情况并不甚了解。他和你的相识纯属偶然：他常到你工作的副食店买香烟，在闲谈中，知道你爱读诗、写诗，就主动地说："我给你介绍一个老师。"于是，他就为我们安排了这次会面。

你按时赴约。初次见面，你很腼腆，未开口，脸先红了；紧接着，你又打开一盒香烟，向我敬烟。我谢绝了。我不会吸烟。说心里话，当时你虽然表现得木讷，但我很喜欢你这朴拙的样子。

我认定你是一个对诗很专注、很用功的青年。果然，你从书包里拿出了两大本习作。我翻

　　　　　　　梦曾经被染绿

阅了几页。你的字太潦草了，我要先辨认你的字，才能读懂你的诗。没读几首，我已经觉得很累了。我发现你也很紧张，我说："让我带回去慢慢看。等我看完了，我们再约个时间谈谈。"

此后，我们就开始了频繁的来往。你住城东，我住城西，往返一次，路上就要花费两个多小时。我那时候，创作也正处于高峰期，教学担子也很重。但每次看到你的习作，我都很高兴。我最看重的是你的艺术感觉，你常常有新鲜的、充满诗意的发现。我发现了某种为我所偏爱的气质和情调，这也是我愿意和你交往、切磋的原因。

真正帮你修改的诗就是这一首《梦已被染

绿》：

我走过田野的小路，

看见嫩草已经吐绿，

一片一片贴着金色的大地。

就在昨天，

老师还布置作业，

让我写一篇冬天的日记。

就在昨天，

妈妈还嘱咐我：

风大，再加一件毛衣。

梦曾经被染绿

也许，他们不知道，

这田野里的秘密，

那毛茸茸的嫩草令人多欢喜。

我要去对妈妈说，

咱们到田野去散步吧，

我有一个小小的秘密。

我要交给老师一篇日记：

"冬天过去了，

我的梦已经被染绿。"

由于我没留底稿，现在已回忆不起来我为你

梦曾经被染绿

改动了多少，但我印象较深的是，你的原诗不押韵，我改得押上了韵，还改动了结尾和题目。我改得很省力，因为你的原作基础好，更主要的是，你诗中所流动的气韵和风格，都和我的很接近，我就像修改自己的诗稿一样轻松自如。

你的底稿和我的修改，我一并寄还给了你，想让你揣摩一下我为什么要这么改；还有，如果你不同意我的修改，还可以再商量。我认为这样做，是比较适合于你的学习方法。当然，在信中，我也直率地批评了你的字太潦草，又不规范，这样的字，给编辑的第一印象就不好，因此，我替你重抄了一遍。这些工作我做得很轻松有趣，丝毫没感到厌烦。

在此后的日子里，也许由于《梦已被染绿》的发表，你受到了极大的鼓舞，你对诗更加痴迷，几乎每星期都带着新的诗稿来我家。我把你当作自己的孩子，我的家人也把你当成一家人，常用粗茶淡饭招待你，好让我们有充裕的时间谈诗稿，谈创作。那段时间在我的日记里，经常出现你的名字。

我不会忘记，有一天，你很兴奋地说："我们凑些钱办个诗报有多好！"你还表示对办成这件事很有信心。从你这美好的梦想中也可以看出你的单纯和天真。我知道办成这样的事谈何容易，但不愿扫你的兴，只劝你再坚持写三五年，做出成绩来，再考虑办诗报。你涉世不深，但很可爱，写诗就该这样着迷。

后来，你开始不那么满意自己的工作。我也觉得可以考虑换换工作，以便有更多的时间提高文化水平，钻研诗歌技巧。我先鼓励你把诗写好，推荐给杂志多发表，又介绍你参加相关的会议，让你多认识一些文友和编辑。

后来，当比较多的人知道了我有个学诗的小友时，我才带着你去见编辑，谈调动工作的事。为这件事虽做了些努力，最终还是没办成。

工作没调成，我认为，不该影响你写诗。我总认为，当你的作品有了一定的影响时，你就会脱颖而出。

果然，你的作品发表得多起来，而且是在一

些重要刊物上，如《诗刊》《儿童文学》。你有了一定的知名度，又结交了许多新朋友。在这些新朋友中，大部分是年轻人和编辑。

不久，你加入了市作家协会。我还高兴地看到，在有关儿童诗创作的评论中，时不时地提到你的名字，甚至在一本《中国当代儿童文学史》"儿童诗"一节的概述中，也列上了你的名字。我为你感到骄傲和高兴。

又过了一两年，你发表的诗，可以编成一本集子了。你把剪贴本子拿给我看，我一首一首地展读这些变成铅字的诗，想起我们多次在一起改稿、抄稿，我感到欣慰。然而，因为诗集出版的不景气，你的第一本诗集终于没能问世。但在我

梦曾经被染绿

或别人编选的诗集中，常常收入你的作品。

你恋爱了，结婚了，有孩子了，调换了工作，你来得少了，诗越写越少。听说你在做生意。我希望你发财，发了财好圆你那个"办诗报"的梦。

进入 90 年代中期，我受出版社委托，主编一本当代儿童诗选，我严格维护作者的权益，所选作品必须经过作者同意。我想方设法与你联系上，征集你的作品。你收到我的约稿信以后，打来了一个电话，你突然冒出这么一句话："给您打电话，我的心在发颤。我这些年很少写诗了，我、我真不孝。"你沉默了片刻。我感觉到你在谴责自己，我急忙转移话题，谈起了选你哪几首诗。最后，我选定了你那首处女作《梦已被染绿》和另外一组诗。我得承认，你的处女作绝不是你最好的诗，我选它，是为了纪念一段难忘的日子。

247

此后，又没了你的消息，也很少看到你发表诗。偶尔读到你的作品，我都会剪下来，夹在正在阅读的书里。

有一次，一个朋友经营的茶艺馆开业，我应邀前往助兴，我意外地看到了你。你很激动。我问到你的生意，你说不景气。那天我们没谈诗。你说春节来看我，你没来。

又好久没你的消息了。我不忍心邀请你，我怕这会成为你的负担。

但我常常独自设想，如果我能见到你，我仍要跟你说："你是有才气的，我为能够在文学之路上引领你走了最初的几步感到欣慰和自豪。"

我也会跟你说："文学创作还需要毅力。但

在生活中，诱惑我们的太多，它常常会转移我们的目光。"

我还会跟你说："做成一件事，还需要机遇。你曾经抓住了机遇，后来你又放走了它。"

我甚至会说："你没有意识到你的才气，因而你迷失了自己最重要的东西。我感到深深地惋惜。"

我知道，时间不会倒流，我们无法再回到二十年前。但我还保留着二十年前的记忆，还有那个被染绿的梦。

梦曾经被染绿

山般胸襟海样情，天地之间一童翁

（代后记）

刘国辉

　　承金波先生和东方出版中心信任，帮助编辑《金波别集》。金波先生的要求是：全集不必，文集已有，重复无意义，如果要编就要有些创新，从别集的角度思考，看有没有好的统领主题和表现形式，否则没有必要再重复出版。反复思索研究探讨，数日之后终于有了一些想法，确定"别集"的几个特点和体例：一是开放性，可以随时增加新的内容；二是全面性，尽量收集金波先生迄今为止出版的所有作品；三是以同一开本为前提，面向不同年龄段的读者群采用不同的设计方案；四是使用 AI 技术插图，特别是在适合低幼读者的作品中增加插图的数量；五是打破作品体裁的束缚，以读者为中心构建册卷；六是以天、地、人、和为主题，统领全部作品。该想法得到了金波先生的认可，项目得以进行。前五点都好理解，作为编者，我想特别说一下第六点"天地人和"四个主题确立的初衷。

"天地人和"四个字可以概括金波先生迄今为止出版的全部作品，也可以作为不同的主题区分这些作品。经过头脑风暴碰撞出的，让我们感到兴奋和得意的是这四个字完全能代表我们对金波先生深深的礼敬，因为这四个字就是老先生一生的写照！

　　金波先生是为儿童文学而生的纯粹的儿童文学作家，他对当代中国儿童文学的独特贡献获得了几乎所有读者、儿童文学作家、儿童文学评论家、儿童文学出版家的尊重和厚爱，德望远播，无有微辞！这源于他深厚的文学艺术修养，源于他谦和平易的为人，也源于他真挚的儿童文学情怀，更源于他的一颗永远保持着善良、时时充溢着诗意的童心！

　　他以一颗永恒的童心，在大自然中寻找美，欣赏天地万物；他以一双发现美的慧眼，在生活中观察探求，体悟人世百态；他以生动活泼、入脑入心的文学语言，为广大儿童写心、表情、吟唱。他的诗歌、童话、小说、散文记录儿童的欢乐和忧伤，表达孩子们的思考和追问，提升小读者们的艺术素养和情怀，如春风化雨，涤荡一切污垢，还给儿童一个美丽多彩的大自然、一个生机勃勃的人间社会！他一次次寻找美、记录美，并用回归童年的表达方式向读者呈现：童心永在，哲思长存！在我看来，金波作为一个特立独行却又得到大家普遍亲近、喜欢、爱戴的儿童文学作家，在以下五个方面是值得大书特书的：

其一，长存的好奇心。卓异的文学家必须永存对世界探寻的好奇心，这样才会永远走在创新的道路上，但要保持好奇心，不随着年龄增长而丧失，难之又难。人类对天地人间、万事万物的追寻、探索、叩问，永无止境，艺术家只有不让时间和经验的尘积污垢蒙蔽内心和双眼，才能保持艺术生命力。阅读耄耋之年的金波先生这几年推出的新作品、和钱理群先生的对谈等等，可以惊喜地发现，他超越了固守自己知识和经验的局限，依然以惊叹、欢喜之心认识儿童世界，参悟儿童文学的真谛，以返璞归真的儿童视角和反刍的方式回望童年，又上层楼，不断刷新人类对童年的认知，对自然万物的领悟。

其二，殷殷的育人情。金波先生作家之外的另一个身份是教师，他把教师和作家的身份完美结合在一起，并且用自己平凡而伟大的一生做了最好的诠释：作家应该是这样的，教师更应该是这样的！他始终认为"儿童文学应该是使儿童健康成长的文学，应该是把真正的童年还给儿童的文学"。

他在课堂上传道授业解惑，在作品中弘扬健康美善的儿童文学观，更在日常中提携鼓励年轻作家、辅导大小读者，彰显了育人的本色。别集中收集了一些给读者的回信、与年轻人对谈的文字，文中没有居高临下的教导，更没有自以为是的趾高气扬，字里行间都是循循善诱，充溢着期待、渴望之情，读其文想见其人，浩浩汤汤，不知其际涯！

其三，不懈的追美者。优秀的艺术家能在平凡中发现美、能在寻求美的路上不断采撷鲜花，呈现给广大的读者和观众。金波先生的儿童文学作品没有过于宏大的主题和题材，但是真、善、美贯穿其全部作品，他的心灵流淌着爱与美之歌，笔端描绘架设跨越天地之间的七色彩虹。早春二月冒头的小野草，路边墙角羞答答绽放的无名蓝花，一棵经历岁月沧桑的歪脖子老树，一只嗷嗷待哺的小鸟，一朵孤独飘荡的白云，丝丝零落的细雨，更不用说无数天真无邪、独具个性的儿童，在金波先生的笔下充满诗情和爱意，栩栩如生，扑面而来，让读者顿生怜爱，惊叹不已：有许多都是我们司空见惯的身边人事、自然风景、草木花鸟，为什么金波先生告诉我们后，我们才发现他们的美！跟着老爷子优美高雅、细腻灵动的笔触看世界，我们能领略到中国传统文化的至高境界：天地人和！

其四，一贯的悠然态。"采菊东篱下，悠然见南山"是自陶渊明以来中国知识分子一直追求、祈盼、美慕的淡然境界和精神状态，然而真正能做到的却很少，"采菊东篱下"的状态或许有之，"悠然见南山"的胸襟和境界鲜见，尤其在当下喧嚣的时代更如空谷足音！读金波先生的儿童文学作品，听他娓娓而谈文学、自然、社会，看金波先生近九十年的人生经历，我深刻领会了什么是"悠然"：这是生活于人间而内心摒弃世俗的自信，这是饱经世事风霜而波澜不惊的自我，这是畅游在诗意王国的自由，这更是美美与共、融入自然和人世间的天人合一！

其五，永远的老童翁。童心不老，老翁童心，这是诗翁金波先生最真实的写照。走进金波先生的书房客厅，看着精致的砚滴、铜雕和各种玩意儿，听着蝈蝈不间断的长鸣，你会被这种童心感染，让自己也年轻起来、快乐起来、童心大发、童趣油然而生。不老的童心是金波先生艺术生命力永不枯竭的源头活水！

天地之间一童翁！美哉！善哉！景仰并向往之！

图书在版编目（CIP）数据

常常想起的朋友 / 金波著. -- 上海：东方出版中
心, 2025. 1. -- (金波别集). -- ISBN 978-7-5473
-2604-6

I. I207.8; I287.6

中国国家版本馆CIP数据核字第2024GL3099号

常常想起的朋友

著　　者　金　波
主　　编　刘国辉
策划编辑　李默耘
责任编辑　邓　伟
设计统筹　严　冬
装帧设计　钟　颖

出　版　人　陈义望
出版发行　东方出版中心
地　　址　上海市仙霞路345号
邮政编码　200336
电　　话　021-62417400
印　刷　者　徐州绪权印刷有限公司

开　　本　889mm×1194mm　1/32
印　　张　8
版　　次　2025年3月第1版
印　　次　2025年3月第1次印刷
定　　价　30.00元